어른의 학교

어른의 학교

1판 1쇄 펴냄·1999년 4월 10일 │ 1판 12쇄 펴냄·2014년 2월 20일 │ 지은이·이윤기 │ 발행인·박근섭, 박상준 │
편집인·장은수 │ 북디자인·정병규디자인 ─ 서정희·이수현 │ 펴낸곳·**(주)민음사** │
출판등록·1966. 5. 19. 제16-490호 │ 135-887 서울특별시 강남구 도산대로1길 62(신사동) 강남출판문화센터 5층 │
대표전화 515-2000·팩시밀리 515-2007

ⓒ 이윤기, 1999. Printed in Seoul, Korea

www.minumsa.com │ ISBN 978-89-374-0307-1 03810

어른의 학교

글쓴이 | 이윤기

그린이 | 정재규
꾸민이 | 정병규

민음사

어른의 학교

—— 차례 ——

머리띠, 내 머리띠 _____ 10

탱자나무 도둑 _____ 16

보아야 보이는 것들 _____ 22

기억의 표절 _____ 28

퇴비와 금비 _____ 32

바닥짐 _____ 36

왕자는 없다 _____ 44

진짜 이유 _____ 50

우리 영원의 길이 _____ 56

기미 읽기 _____ 62

사람의 땅 _____ 68

산불로 크는 나무 _____ 74

어른의 학교 _____ 80

우리가 싸질러야 할 것 _____ 88

취중에 술을 거르다 _____ 94

까악거리고 싶을 때마다 _____ 100

완물상지　　　104

열두 살배기의 통일론　　　108

루거를 불태우지 맙시다　　　114

기타하라 부인　　　118

알레그로 마 논 트로포　　　124

큰 대학 작은 대학　　　128

자유로부터의 자유　　　134

호메오스타시스　　　138

　　　포커페이스　　　144

　　　코로 쉬는 숨　　　150

　　　그 무얼 찾으려고　　　156

　　　우리는 이제 노래를 부르지 못한다　　　164

　　　프래그먼트斷想　　　168

　　　나의 천국과 남의 천국　　　172

　　　그리움이 어디에서 시작되는가 하면　　　176

　　　절로 가는 길　　　180

　　　뒷말│본문에서는 못한 말　　　189

「왕희지는 눈 내리는 밤에 술을 마시고 있다가 문득 대규가 그리웠다.

그는 사공에게 밤새 배를 몰게 하여, 새벽녘에야 대규의 집에

이르렀으나, 문도 안 두드린 채 돌아설 것을 명했다. 사공이,

왔으면 만나지 왜 그냥 돌아가느냐고 묻자 왕희지는, 『흥에 실려

왔다가 흥이 다하여 돌아갈 뿐(乘興而行興盡而返)』이라고 대답했다.」

중국인 유의경이 쓴 짧은 글 모음『세설신어(世說新語)』에 나오는

일절입니다. 옳거니. 흥이 일어 그 흥에 실려 갔다가 그 흥이 다하면

돌아서면 그뿐이고, 한 생각이 일어나면 그 생각을 살아버리면

그뿐일 터입니다. 대인(大人)은 살고 소인(小人)은 쓴다는 말도

이래서 생긴 모양입니다. 하지만 나는 그걸 굳이 써놓기를 좋아하고

이렇게 책 묶어내는 것도 사양하지 못하니 아직은 소인임에 분명할

터입니다. 뭐가 좀 보이게 되는 날이 오면 이런 업(業)

더 이상 안 짓겠습니다.

머리띠,
내머리띠

3년 전에 두꺼운 책 낸 보람으로 어떤 잡지와 인터뷰라는 것을 하는 자리에서, 기자가 내게 묻더군요. 우리 잡지는 인터뷰당하는 사람의 사진과 함께 그 사람이 평소에 손때가 묻도록 몹시 아끼면서 쓰는 물건의 사진을 내보낸다. 그게 뭐냐…… 아무리 생각해 봐도 그런 것이 있는 것 같지도 않고 그때가 마침 여행중이어서 없다고 잘라 말했습니다. 그런데 집에 와서 보았더니 그런 게 하나 있습디다.

내게는 여러 가지 이유에서 머리카락 잘리기를 싫어하는 버릇이 있는 만큼 머리카락이 늘 길 수밖에 없습니다. 남들의 머리카락은 고분고분해서 빗질만 해 넘겨두어도 머리에 척 붙어 있습디다만 내 머리카락은 어떻게 된 셈인지, 하루 종일 모자에 눌려 있다가도 모자만 벗으면 언제 눌려 있었더냐는 듯이 벌떡 들고 일어났다가 스르르 흘러내려와 얼굴을 가리고 맙니다. 그래서 길거리에서 손위 사람 만나 절이라도 해야 할 때는 손으로 머리카락부터 누르고 절을 하는 버릇이 있습니다.

집에서는 머리띠라는 것을 하고 지냈습니다. 근 20년 전에 광화문 육교 위에서 2백 원을 주고 산 플라스틱 머리띠는 여느 머리띠와는 다른 반달꼴 얼레빗입니다. 나는 두 손으로 이 반달꼴 얼레빗의 끄트머리를 하나씩 잡고 머리를 빗어 뒤로 넘기고는 마지막으로 정수리에다 꽂아 둡니다. 이렇게 해야 머리카락이 제자리에 붙어 있습니다. 나는 가까운 나들이 때는 곧잘 이 머리띠를 꽂은 채로 나다니기도 합니다. 그러나 머리띠를 벗지 않으면 함께 놀아주지 않겠다고 하는 친구들이 더러 있어서 늘 그러지는 못합니다. 그래서 그런 친구들과의 나들이 때는 머리띠 대신 빵모자 같은 것을 쓰고는 하지요.

몇 해 전 경주 처가에 두어 달 머무르면서 나는 장인 어른에게도 똑같은 버릇이 있다는 것을 확인하게 되었습니다. 그분에게도 머리띠가 있다는 것은 진작부터 알고 있었습니다만, 머리띠에 나와 똑같은 정도의 집착을 보인다는 것을 확인한 것은 그때가 처음입니다. 장인과 사위가 남이 안 하는 머리띠를 각각 하나씩 머리에 쓴 채로 겸상하고 있는 것을 보고 장모는 많이 웃더군요. 장인 어른

은, 머리띠라면 당신이 원조(元祖)라고 주장하고는 합니다. 글쎄요, 나 역시 총각 시절부터 머리띠를 애용한 사람이어서 원조 자리를 빼앗기고 싶지 않았습니다만, 꼭 원조 하시고 싶으면 하시라고 했지요.

광화문 육교의 좌판 위에는 흔하디 흔한 싸구려 플라스틱 머리띠가 미국에는 없습니다. 플라스틱으로 틀을 만들고 비단으로 정교하게 감싼 머리띠는 얼마든지 있지만 내가 광화문 육교 위에서 산 것과 비슷한, 머리띠와 반달꼴 얼레빗을 겸하는 이 소박하다 못해 투박하기까지 한 물건은 아무리 찾아보아도 없더군요. 그래서 나는 나의 반달꼴 얼레빗 머리띠를 정말로 아끼고 또 아낍니다. 잠에서 깨어나면 제일 먼저 찾는 게 이 머리띠이기도 하지요. 머리띠, 내 머리띠…… 하면서요. 나들이는, 아예 벗어두고 합니다. 잃어버리면, 미국에서는 다시 살 수도 없으니 야단 아닙니까. 지난해 서울에 들른 길에 일삼아 광화문 육교 위로 가보았습니다. 똑같은 머리띠가 있으면 여남은 개 사오려고요. 좌판이 사라지고 없더군요. 꼭 사야겠다고 뒤지면 없기야 하겠습니까만, 아쉬운 채 그냥 돌아왔습니다. 빈손으로 돌아온 뒤로는 머리띠를 잃어버리지 않으려고 전보다 더 조심합니다.

어떤 영국 소설을 보면, "아시아인들은 까만 비단을 물에 적셔 머리에다 감고 다니는 것 같다"는 대목이 나옵니다. 그게 싫어서 그랬던 것은 아니고, 하여튼 여러 가지 이유에서 이번에는 오래간만에 머리카락을 운동 선수처럼 짤막하게 한번 깎아보았습니다. 여러 가지로 편리해서 참 좋더군요. 그런데 참 이상한 일도 다 있지요. 욕실에다 벗어둔 머리띠가 볼 때마다 눈에 밟히는 겁니다. 잃어버리지 않으려고 그렇게 애쓸 때보다 훨씬 절실하게 내 눈에 밟혀드는 겁니다. 안톤 쉬낙 식으로 말하면, 머리가 짧아져 쓸모 없어진 머리띠가 나를 슬프게 하는 겁니다. 물건 너무 좋아하면 뜻이 상한다는 옛말의 깊은 뜻 알아먹는 데 이렇게 오랜 세월이 걸리다니 참 한심한 일입니다. 그래서 머리띠를 볼 때마다 이런 생각을 하고는 하지요.

「그래…… 머리카락을 짧게 깎으면 머리띠는 무용지물이 되는 것이구나……」

탱자나무 도둑

내 질녀 시집간 날 우리 형제들이 대구 집 한자리에 모였습니다. 우리 7남매, 종형제 5남매, 재종형제 5남매에 그 배우자들까지 모두 자리하니 간단하게 30여 명이 되더군요. 맨 꼬래비인 내 나이가 조선 나이로 쉰두 살이 됩니다. 그 자리에 모인 형제들 나이를 합해 보니 간단하게 천 5백 살이 되더군요. 천년 세월…… 이런 것이구나 싶대요. 잔칫집에 노래 나오는 게 우리 미풍양속입니다. 나는 형님들 누님들에게 잘 보이고 싶어서 「황진이」라는 노래를 아주 정성껏, 감정을 넣어서 불렀습니다. 정말 잘 부르고 싶어서, 양말 벗고, 가부좌틀듯이 책상다리 하고 앉아, 오냐, 형님 누님들, 오늘 내가 한번 감동시키자…… 이런 생각을 단단히 하면서 뒷동네에는 힘을 넣고, 배의 힘은 빼고, 「황진이」를 불렀습니다. 잘 부르고 박수를 받았습니다.

그런데 혼주이자 그 자리의 어른이라고 할 수 있는, 평소 막둥이 아우

에게 사사로운 감정 잘 안 드러내는 내 장형께서 이러시는 겁니다.

「그 사람 그거…… 한번만 더 듣자……」

앵콜을 받은 겁니다. 딸 시집 보내고 울적해 있는 장형으로부터 받은 겁니다.

그것도 다른 노래를 부르라는 것이 아니라 같은 노래를 한번 더 듣자는 것입니다. 두번째로 불렀지요. 불렀더니, 이번에는 내 고향에서 우리 선산 돌보아주시는 고종형이 또 한번 더 부르라는 겁니다. 또 불렀지요. 최선을 다해서 또 한번 불렀지요. 그게 끝이 아닙니다.

하여튼, 나는 그 자리에서 「황진이」를 네 번 불렀다는군요. 나는 다섯 번이라고 주장하는데 형님들이, 이 사람이 욕심은, 네 번이야…… 하는 걸 보면 네 번이 맞는 모양이지요.

「황진이」 네 번 부른 뒤, 발 옆이 뜨끔뜨끔해서 보았더니, 세상에, 책상 다리에 눌려 있던 오른쪽 새끼발가락 옆이 한 3센티미터나 까져 있는 겁니다. 체중을 거기에다 싣고 용을 너무 썼던 것입니다. 형님 누님들이, 내 발 옆구리 까진 것 알고는 혀를 차면서 이러더군요.

「저것이 저러고도 밥 먹고 사는 것이 신통하다……」

나는, 누가 뭐라고 하건 세계 최고의 유행가 가수를, 수년 전에 작고한 일본의 가수 미소라 히바리로 꼽습니다. 조선일보 이준호 기자의 저서 『후지산과 대장성』에 따르면 히바리의 어머니 이름은 〈키미에(喜美枝)〉, 처녀 적의 성(姓)은 김씨였다고 합니다. 하지만 일본인들은 이걸 잘 모른다는군요. 유랑극단 춤꾼 소녀의 비애를 그린 그의 노래 노래말에 이런 것이 있지요.

피리소리에 맞추어 거꾸로 서면
산이 보입니다. 고향의 산이
나는야 고아, 거리의 떠돌이
흐르고 흐르는 유랑극단.

오늘도 오늘대로 단장한테
재간이 서툴다고 꾸중을 듣고
북채로 얻어맞고 하늘을 보니
나처럼 울고 있는 듯한 낮달.

10여 년 전에 혼자 이 노래를 듣고 있으려니 아내가, 뭘 그
렇게 열심이냐고 하데요. 그래서 아내에게 이 노래말을
통역해 주는데…… 다 통역하지 못하고 그만 아내를 안고
펑펑 울어버린 일이 있습니다. 북채로 얻어맞고 하늘을
보니, 낮달이 저처럼 울고 있는 것 같대…… 하면서요.

소리북 치는 고수(鼓手) 얘기 한 자리 하지요. 내 친구
중에도 소리북 칠 줄 아는 친구가 여럿 있습니다. 그중의
한 친구 이야깁니다. 함께 술 마시다가 아홉시도 안 되었
는데 자리에서 일어서네요. 그래서 왜 그러느냐고 물었

더니 북채 깎을 탱자나무 베러 가야 한다는 겁니다. 내 친구는 말하자면 탱자나무 도벌꾼입니다. 낮에 보아 두었다가 밤에 살그머니 가서 도벌한다는 겁니다. 재고 딸리기 전에 북채 스무남은 개 만들어두어야 한다더군요. 내가 이상하다 싶어서 물었지요.

「탱자나무 북채가 왜 스무 개씩이나 필요해?」

탱자나무 북채, 이거 굉장히 단단합니다. 나도 소리북 가지고 장난을 더러 치는데 근 10년을 썼는데도 우리 집의 탱자나무 북채는 아직 말짱합니다. 그런데 고수 친구는 이러는 겁니다.

「나는 한 해에 스무남은 개 부러뜨려……」

맙소사…… 그 단단한 탱자나무 북채를 일 년에 스무 개나 부러뜨린다니…… 믿어지지 않아서 물어보았지요. 그랬더니 이 친구, 이러는 겁니다.

「탱자나무 북채…… 사람의 기(氣)가 실리면, 그거 별거 아니다. 소리꾼의 박(拍)과 박 사이를, 머리카락 올 째는 듯이 치고 들어가면서 북통을 따악…… 하고 치면, 탱자나무 북채도 뚜욱뚜욱 하염없이 부러진다……」

아이고 형님.

발 까지는 줄도 모르는 채 용쓰면서 노래 부를 수 있는 것을 보면, 노래말 통역하다가 마누라 붙잡고 펑펑 울 수 있는 것을 보면 내게도 신명이라는 게 좀 있는 모양입니다. 그러나 고백하거니와, 나에게는 내 친구 고수처럼, 박과 박 사이를, 머리카락 올째고 들어가듯이 그렇게 째고 들어가본 일이 없습니다. 나는 말을 다루는 사람이니까 말로써 그렇게 째고 들어가야 하는데, 말로써 사람과 사람 사이를 흐르는 인정의 기미를 째고 들어가야 하는데, 나는 그래본 적이 없습니다.

정신이 번쩍 듭디다. 뭘 한다 하면 이 정도는 되어야지요.

더 아름답기 위해서는 범하지 못할 법칙이 없다고 하니, 탱자나무를 도벌한 죄는 면죄부를 줄 만합니다.

보아야 보이는 것들

93년 여름, 「서편제」의 명배우 김명곤이 내가 머물고 있던 미국 중서부로 날아와 통일기원굿, 판소리, 민요판굿 등 아주 재미있는 공연을 보여준 일이 있습니다. 당시 현지 신문《랜싱 저널》은 〈쇼우가 한국의 문화를 오늘의 언어로 번역한다(Show translates the Korean culture into today's language)〉는 제목으로 이 공연에 주목하면서 미국인에게도 가서 보기를 권하기도 했습니다. 사실 우리는 한국의 굿판을 보편적인 이미지로 형상화하는 희망에 사로잡혀 있기도 했습니다. 김명곤이 영화 「서편제」의 주연배우라니까, 그 신문이 우리 「서편제」를, 〈한국의 주라기 공원(Korean Jurassic Park)〉이라고 번역하더군요. 「주라기 공원」이 미국에서 큰 인기를 모으고 있을 때의 일입니다. 하여간에 김명곤은 극작가, 연출가, 배우, 소리꾼, 번역가 등으로 널리 알려진 사람입니다. 어느 한 분야에서 돋보이기도 쉬운 일이 아닌데, 그는 그 많은 분야에서 고루 '무던하게도 과묵한 성공(「서편제」를 일러 한 고은 시인의 말)'을 거두고 있는 사람입니다. 그의 우리 소리와 가락을 듣고 난 뒤, 미국에서 20년을 넘게 산 한 교포는 나에게, 「그 썩을 놈이 내 가슴에 불을 지르고 갔다」고 하더군요. 모르기는 하겠지만 그 교포는 또 한동안 고향 생각에 시달려야 했을 것입니다.

그 김명곤과 우리 가족은 시카고에서 뉴욕까지, 이틀 동안 자그만치 4천 리나 되는 길을 자동차로 여행했습니다. 비행기로 가면 간단할 것을, 중간에서 여관 잠까지 자가면서 그 무리한 자동차 여행을 강행한 것은 순전히 나의 욕심 탓입니다. 나는 상당히 토종적인 분위기를 가진 그의 체험에다 미국 중서부 대평원의 어쩐지 막막한 느낌, 한 개인의 경험 속으로 쉽게 편입되지 않을 듯한 느낌 하나를 억지로 더해 주고 싶었던 것입니다. 며칠 함께 지내보니 그에게는 참 좋은 버릇이 여러 가지 있더군요. 음식 투정하는 법이 없고, 음식 남기는 법 없는 버릇이 그 중의 하납니다. 어떤 음식이든, 그는 고마워하는 마음으로 남기지 않고 먹습디다. 그런 버릇이 몸에 붙게 된 사연이야, 그런 이야기가 하도 많이 나오는 요즈음이니, 내가 말하지 않아도 다 짐작할 수 있겠지요.

먼 길 가는 도중 스테이크 집에 들렀는데, 스테이크 크기가 꼭 짚신짝만하더군요. 야채도 수북이 담아다 주었고요. 김명곤은 그 스테이크 집을 대뜸 '장모집'으로 명명하더군요. 그의 장모는 인심이 그런 모양입니다.

그는 영어를 하기는 해도 유창한 것은 아니었어요. 그런데도 그는 한 시간도 채 안 되는 동안 50대의 웨이트리스를 친구 삼는 것은 물론, 배를 잡고 웃게 만들기까지 하는 걸 보니, 연기(演技)라는 것이 저런 것이구나 싶더군요. 언어 너머에 존재하는 의사소통의 원초적인 수단 같은 것을 깨치지 않은 바에 그러기 쉬운 것 아니지요.

그는 자동차 안에서 내 아들딸에게 이런 이야기를 들려주더군요.
「무대에서 절름발이 연기를 하자면 저는 사람을 잘 관찰하고, 절뚝절뚝 저는 시늉을 배워야 한다. 하지만 저는 사람이 어디 흔하냐? 어느 날 나는 저는 사람을 관찰할 생각으로 종로 2가로 가서 기다렸다. 그런데 세상에……저는 사람들이 어쩌면 그렇게도 많으냐? 종로 바닥이 저는 사람 천지로 보일 지경이더라. 큰 수 하나 배웠다. 그런데, 저는 사람들로부터 배울 것이 없게 되고 보니, 종로에 나가도 저는 사람이 하나도 보이지 않아. 마음에서 멀어지니까 눈에서도 멀어진 것이다. 나는 큰 수를 또 하나 배웠다. 나는 연습 때마다 단원들에게 이 이야기를 들려 주고는 한다. 보아야 보인다고, 보지 않으면 보이지 않는다고……」
김명곤의 메시지는 명약관화합니다. 우리가 하는 일에

깨어 있자는 것이겠지요. 깨어 있어야 보인다는 것이겠지요.

김명곤의 이야기는 이렇게 계속됩니다.

「……소리를 하든, 연기를 하든, 연출을 하든, 자기가 하는 일에 깨어 있어야 하는데, 이게 쉬운 일 아니다. 나는 직업상 많은 사람들 만나고 다니는데, 전문가라고 하는 사람들에게는 한 가지 특징이 있더라. 자기 하는 일에 깨어 있더라는 것이다. 저금하는 놈과 공부하는 놈에게는 못 당한다는 옛말이 있다. 깨어 있는 상태에서 조금씩조금씩 쌓아가는 전문성, 그걸 뭔 수로 당하겠냐……」

깨어 있는 상태에서 보아야 비로소 보이기 시작한다…… 보이는 것은 그 깨어 있는 상태에서 쌓아가야 한다…… 오하이오 주의 평원을 지나면서 그가 한 이 말이 그 뒤로도 우리 집에서 여러 차례 되풀이해서 울리게 됩니다. 내 아들딸에게 김명곤의 말은 한동안 화두 노릇을 너끈하게 하더라고요.

기억의 표절

나는 내 기억 속의 옛 사람이나 특정한 장소 찾아보기를 좋아합니다. 그 만남의 순간 맛보게 되는 감회가 좋아서 그러는 것이 아닙니다. 내 기억이라는 것이 얼마나 믿을 만한 것이 못 되는가를 확인하기 위해섭니다. 기억이라고 하는 것은 저 좋은 것은 더 좋게 가꾸어 기억하고 저 싫은 것은 슬그머니 '재임용' 과정에서 탈락시켜 버리는 버릇이 있습니다. 나는 내 기억 속의 옛 사람이나 옛 곳을 만날 때마다 기억의 이런 고약한 버릇을 확인하고는 합니다. 우리는 종종 추억의 대상과 재회하면서 그것이 기억에 남아 있던 것에 견주어 초라하다거나 작다거나 추하다거나 해서 절망할 때가 종종 있지요. 그래서, 「지금 보니까 좆도 아닌 것을……」, 이런 탄식을 하고는 하지요.

내가 활동사진이라는 것을 처음 본 것은 1956년 여름이고, 총천연색 영

화를 처음 본 것은 1959년입니다. 처음 본 흑백 활동사진
은 한국 영화였는데, 「돌아, 벤또 가지고 가거라」라는 대
사밖에는 전혀 기억나는 것이 없습니다. '벤또'라는 말
을 그냥 썼던 것으로 보아 대사에서 일본 말 걸러내는 것
에 생각이 미치지 못하던 시절 영화였던 모양입니다.

총천연색 영화를 처음 본 것은 1959년 대구의 '육군중앙
극장'에섭니다. 오디 머피라는 배우가 주연한 「지옥의
전선」이라는 미국 영화입니다. 이 영화의 내용도 내 기
억에 전혀 남아 있지 않습니다. 아마 자막이 없었기 때문
일 것입니다. 믿어지지 않겠지만 그 당시 육군중앙극장
이 상영한 미국영화에는 자막 없는 것도 많았습니다. 내
기억에는 오디 머피의 진흙투성이 얼굴이 클로즈업된 시
뻘건 포스터만 선명하게 남아 있을 뿐입니다.

1995년 3월 5일 나는 미국에서 이 영화를 다시 보게 됩니
다. 흘러간 영화만 트는 'AMC(아메리칸 무비 클래식)'
라는 채널을 통해섭니다. 나는 6, 70년대 대구와 서울에
서 본 영화를 2, 30년 만에 다시 볼 수 있어서 이 채널을
아주 좋아합니다. 책이든 영화든 2, 30년 만에 재회해 보
면 우리 기억의 재편 기능 같은 것을 한번 확인할 수 있어
서 여간 재미 있는 일이 아닙니다. 「지옥의 전선」이라는
영화의 원제목은 〈TO THE HELL AND BACK〉이더군요.

번역가인 나도 이 제목만은 번역을 못하겠군요. 어쨌든 '지옥' 같은 전장으로 들어갔다가 그 전장을 뒤로 하고 나오는 이야깁니다.

그런데 이 영화를 보면서 나는 여러 차례 놀라게 됩니다. 그 까닭은 이렇습니다.

나는 1994년에 장편소설을 출간한 바 있습니다. 이 장편소설의 제2부는 주로 주인공 이유복이 군대에서 겪었던 경험담으로 이루어져 있습니다. 가령 이 소설에는 이런 이야기가 나옵니다. 월남에서 무전병 이유복은 어떤 분대에 배속되어 전투를 치르는데, 이 전투의 와중에서 분대장이 전사합니다. 무전병 이유복이 상급부대에 분대장의 전사를 보고하자 상급부대는 이유복에게 전사한 분대장을 대신해서 분대를 지휘할 것을 명합니다. 이유복의 선임자가 분대에는 얼마든지 있었는데도 불구하고 말이지요.

이유복은 전투중에 적탄에, '맞았구나,' 하고는 땅바닥에 나뒹굴어지면서 죽음의 순간이 오기를 기다립니다. 그러나 그런 순간은 오지 않습니다. 적탄에 맞은 것은 이유복의 몸이 아니라 이유복이 허리에 차고 있던 물통이었던 것이지요.

내가 놀란 것은 이 두 상황이 고스란히 「지옥의 전선」에 나오는 상황이었기 때문입니다. 결과적으로 나는 「지옥의 전선」을 표절한 셈인가요? 그렇지는 않습니다. 이 두 상황은 내 상상력의 산물이 아니라 내 체험과 무관하지 않은 것이기 때문입니다.

이것을 어떻게 설명하면 좋을까요? 책을 통해서든 영화를 통해서든 우리가 간접적으로 체험한 이미지들이 우리 삶을 이렇게 구체적으로 간섭하고 들어오는 이 현상을 어떻게 설명하면 좋을까요? 나는 내 삶에 대한 이 영화의 간섭을 불쾌하게는 절대로 여기지 않습니다. 지금의 나라고 하는 것은 어차피 이런 기억의 퇴적일 것이기 때문입니다.

책을 읽기는 하는데, 영화도 보기는 하는데 내용은 도무지 기억하지 못하겠다면서 자기 기억력을 안타까워하는 사람이 더러 있습니다. 나는 이런 사람들을 만날 때마다 묻고는 합니다.

콩나물이, 제가 자라면서 마신 물을 기억하겠느냐고요…… 물을 기억하지 못해서 콩나물이 자라지 못하더냐고요…… 콩나물이라고 하는 것은 결국 콩이라는 씨앗의 소양 위에 이루어진 물의 퇴적이 아니겠느냐고요……

퇴비와 금비

고향에서 농사짓고 있는 내종형에게, 뻔히 알면서도, 왜 논밭에 다 두엄낼 생각은 않고 화학비료만 쏟아붓느냐고 투정한 적이 있습니다. 형은 이렇게 대답하더군요.

「언제 풀 베고, 쌓고, 썩히고, 져 나르냐? 자네는 투자 효율이라는 것도 모르냐?」

형은 이 말끝에 쓰디쓰게 웃습디다. 누가 퇴비 좋은 것을 몰라서 이러고 있는 줄 아느냐…… 나는 이러는 형에게 순교자 되기를 강요하지 않았습니다.

그 뒤로 오랫동안, 이 시대 새 믿음의 한 교리로 자리잡은 듯한 이 〈효율〉이라는 말이 내 뇌리를 맴돌게 됩니다.

농사를 지으려면 지기(地氣), 즉 땅 기운만 가지고는 안 되니까 비료를

써서 끊임없이 땅을 걸우어 지기를 돋우지요. '걸운다'
는 것은 '걸게 한다'는 뜻입니다. 그래서 비료의 순 우리
말은, '걸운다'고 해서 '거름'입니다.

거름은 금비와 퇴비, 이렇게 크게 둘로 나뉩니다. 금비
는 글자 그대로 돈을 주고 사서 쓰는 질소, 인산, 칼리 같
은 비료, 퇴비는 북데기나 풀이나 나무를 썩힌 두엄 같은
거름을 말합니다. 그런데 요즘은 금비를 거름이라고 부
르는 사람, 퇴비를 비료라고 부르는 사람이 점점 줄어드
는 것 같더군요. 누가 그렇게 정한 바도 없는데도 불구하
고 비료라고 하면 금비를, 거름이라고 하면 퇴비를 지칭
하는 쪽으로 말의 결이 정해지는 것 같더라는 것입니다.
이러다 〈거름〉이라고 하는, 말맛이 걸쭉한 우리 말 하나

가 사라지는 것이나 아닌가 걱정스러울 정도로요.

'비료'라는 말이 정착하면서 '거름'이라는 말이 밀려나
는 현상은 퇴비에 대한 의존도보다 금비에 대한 의존도
가 상대적으로 높아지는 상황과 무관하지 않을 것 같네
요. 이런 상황은 투자 효율과도 절대로 무관하지 않을 것
이고요.
잘 알려져 있다시피 금비와 퇴비에는 일장일단이 있습니
다. 금비는 당장은 투자 효율이 높다는 앞짧은 장점이 있
는 대신에 계속해서 쓸 경우 땅을 산성화시킴으로써 땅
기운을 떨어뜨리는 단점이 있습니다. 퇴비는 노동 투자
효율이 상대적으로 떨어지는 대신 땅 기운을 끊임없이
북돋우는 셈이라서 지기를 축내지 않는 장점이 있고요.

금비가 지닌 또 하나의 장점은 속효성(速效性)입니다. 작
물이 거름발을 화끈하게 받는 것이지요. 퇴비가 지닌 또
하나의 단점은 지효성(遲效性)입니다. 이것은 작물이 거
름발을 더디 받는 것이고요. 약으로 치면 금비는 병을 속
히 낫우면서 병자의 몸을 치는 데 견주어 퇴비는 병을 낫
우면서 병자의 몸을 보하는 노릇을 병행하는 셈입니다.
사정이 이런데 농부가 금비와 퇴비 중 어느 한쪽으로 기울
어지는 현상이 어찌 시대의 풍향(風向)과 무관할까요.

농부가 흙을 걸우듯이 사람도 나날이, 자신을 걸웁니다. 사람은, 필경은 흙이 될 운명을 타고 나서 그런 것일까요? 농부가 밭에다 금비와 퇴비를 써가면서 농사 짓는 걸 가만히 보고 있으면, 사람이 이런 정보 저런 견문을 우겨넣어 일용할 지식으로 지혜로 교양으로 빚어내는 것과 어쩌면 그렇게도 비슷할 수 있는지요.

현인들은 공부하는 것을 마음밭을 가(耕)는 것에다 견주고는 하지요. 영어의 '컬티베이티드 원(경작이 잘 된 밭)'이라는 말은 '교양있는 사람'이라는 뜻입니다.

정보가 쏟아지는 품이 홍수의 도도함을 방불케 하는 이 시대에 정보 읽는 데 뒤떨어져서는 안 되지요. 그러나 정보는 속효성 금비와 닮은 데가 있어서 그것을 흡수하는 주체를 돌보지 않는 특성이 있습니다. 정보가 지식이 될 뿐 지혜가 되는 일이 극히 드문 것만 보아도 알 수 있지요. 나는 지금 외향성(外向性) 독서를 금비, 내향성 독서를 퇴비라고 부르고 있습니다. 금비 쓰지 말고 퇴비로만 농사 짓자는 주장은 이 시대에 당치 않습니다. 그러나 많은 패륜아들에게서, 일부의 못된 신세대에게서 나는 금비에 녹아난 땅의 견본을, 효율의 허구를 보고는 합니다.

바닥짐

'**바**닥짐 없는 배가 풍랑에 휩쓸리듯이' 라는 영어 표현이 있는 것으로 짐작할 수 있습니다만, 먼 바다를 다니던 옛날 배들은 짐을 주로 배의 뱃바닥, 곧 선복(船腹)에다 실었을 뿐만 아니라 짐이 없을 때는 아예 모래나 자갈 같은 것으로 선복을 채웠던 모양입니다. 오늘날의 배를 보면 용골이 아예 시커먼 쇳덩어리 같은 것으로 되어 있습니다. 흘수선을 높이고 배가 균형을 유지할 수 있도록, 말하자면 중심(重心)이 늘 그리로 쏠리도록 바닥짐 대신에 아예 대가리가 흡사 돌고래 머리 같은 쇳덩어리를 달아놓은 형국입니다. 이것을 '밸러스트 키일'이라고 하더군요. '균형잡이 용골'이라는 뜻입니다. 영어에서 '맨탈 밸러스트'라고 하면 '정신적 안정'을 뜻합니다. 밸러스트 키일은 배의 용골에만 달린 것이 아니라 우리 정신의 용골에도 달려 있는 모양입니다.

배가 그 무거운 밸러스트 키일을 여분으로 밑창에다 달고 끌고 다니는 것은 비상시를 위해섭니다. 말하자면 유도의 낙법 같은 것이지요. 유도에 입문하면 먼저 낙법(落法)부터 가르칩니다. 이것은, 유도라고 하는 것은 남을 메다꽂기 위해서 배우는 것이지만 때로는 메다꽂힐 수도 있다는 뜻입니다. 남을 잘 메다꽂는 법을 배우기 위해서는 먼저 잘 메다꽂히는 법을 배우지 않으면 안 됩니다. 추락할 경우가 여러 각도에서 고려되지 않아도 좋았다면 비행기의 발명은 몇십 년 앞당겨졌을지도 모릅니다.

연전의 '서해 페리' 사고가 떠오릅니다. 바닥짐의 부실한 데 견주어 승객들이 배의 한쪽으로 너무 몰렸기 때문에 그런 사고가 생겼을지도 모른다고 하더군요. 그렇다면 밸러스트가 무너진 겁니다. 설사 바닥짐이 실하다고 하더라도 승객이 모두 갑판으로 올라가버리면 무게중심이 위로 올라가니까 균형잡기가 불안해집니다. 배나 자동차의 경우 무게중심은 낮으면 낮을수록 좋습니다. 급 커브 길로 자동차를 몰아보면, 무게중심이 높은 지프는 무게중심이 낮은 세단보다는 어쩐지 불안하게 느껴집니다. 무게중심이 높으면, 배가 직선 항해를 할 때는 별 지장이 없지만 커브를 돌 때는 무게중심 선이 한쪽으로 기울어지는데 이때 문제가 생깁니다. 아무리 안전한 배라도 무게중심 선이 지나치게 기울면 침몰하게 되어 있습니다. 그러나 무게중심이 실하면 방향을 바꾸느라고 배가 기울어져도 바로 자세를 원상회복할 수 있습니다. 마치 낙법을 잘 치는 유도선수처럼요.

얼마 전에 나는 사람들의 독서 성향과 관련해서 속효성(速效性) 비료인 금비와 지효성(遲效性) 거름인 퇴비 이야기를 쓴 일이 있습니다. 사실 이것은 내가 출판 관계자들을 만날 때마다 투정 삼아서 주장하던 '양비론(兩肥論)'이기도 합니다.

나는 한 20년 동안 글 파는 일을 하면서 출판회사가 서고 무너지고 하는 것을 무수히 보아왔는데 가만히 보니, 단명했던 대부분의 출판회사들이 속효성 비료인 금비를 땅에다 퍼넣어 농사의 터전이라고 할 수 있는 땅을 망쳐버리고는 하더군요. 이미지 광고에 투자해도 시원찮은 판국인데 회사의 이미지에 개칠을 하면서도 대수롭지 않게 여기더라는 것입니다. 이거야말로 연료 절약을 통해서 효율을 올린답시고 밸러스트 키일을 떼어내는 것과 다를 것이 없습니다.

출판회사의 바닥짐은 독자로부터 깊고 꾸준한 사랑을 받는 책이거나, 튼실한 이미지, 혹은 땅속 깊이 묻어둔 지효성 퇴비 같은 것일 수 있겠지요.

나에게는 사람을 새로 사귈 때마다 그 사람의 바닥짐이 무엇인지 궁금해하는 버릇이 있습니다. 책을 들 때마다 나는 머릿속으로 먹이사슬 분포도 비슷한 정삼각형을 하나 상정하고 그 책이 어디에 위치할지 한번 자리매김을 해보는 버릇도 있습니다. 책이 귀하면 정삼각형의 정점에 가까운 곳으로 자리매김이 될 터이나 불행히도 거기에는 독자가 적습니다. 이것은 먹이사슬의 정점은 소수의 대형 육식 동물이 차지하고 있는 것과 비슷합니다. 지나기 어려워서 들어가는 사람이 적은 '좁은 문'인 것이지요. 그러나 이 좁은 문을 지난 책이 대개의 경우 한 출

판회사의 바닥짐 노릇을 하는데 여기에서 출판 기업은 다른 기업과 그 성격을 달리합니다.

이게 너무 순진한 발상이고 단순한 논리다 싶으면 이번에는 거꾸로 선, 같은 크기의 정삼각형을 하나 더 그려보시지요. 이 역삼각형을 정삼각형에 포개면 '다윗의 별' 모양이 됩니다. 바로 나치가 유태인의 옷에다 그리던 까끄락 쐐기가 여섯 개인 별 육망성(六芒星)입니다. 이스라엘 국기에도 이 별이 하나 그려져 있지요. 이 별은 중심을 이루는 큼지막한 육각형 바닥짐으로 중심을 잡고 한 자리에서 빛나고 있으면서도 언제든 여섯 방향으로부터의 변화에 대응하는 듯한 형세를 취합니다.

두 개의 삼각형을 역으로 교차시킴으로써 서로 대극하는 개념의 변화를 표상한 것일 터인, 이 육망성(✡)은 내가 태극만큼이나 좋아하는 이미지입니다. 가만히 보고 있으면 절묘하기가 그지없어서 오래 볼 거리가 능히 될 만합니다.

왕자는 없다

한동안 〈있다, 없다〉 하고 딱딱 부러지게 단정적인 책 제목이 유행하던데요, 나도 이런 투로 한번 단언해 보자면, 백마 탄 왕자 같은 것은 '없다' 입니다. 텔레비전에 반반한 처녀들이 나와, 아직까지도 '백마 탄 왕자' 운운하는 것을 볼 때마다 내가 보이는 반응은 정확하게, '좋아하시네, 네가 공주냐' 입니다. 백마 탄 왕자는 처녀의 신분이 공주일 것을 요구한다는 것을 잊으면 안 됩니다. 타고나기를 공주로 타고나지 않았다면 그에 걸맞는 품격이나 하다못해 아버지만이라도 큰 부자일 것을 요구당한다는 거, 그거 잊으면 안 됩니다. 짐짓 한번 그래 보는 것이라면 모르겠거니와 그런 생각 오래 하고 있으면 병 됩니다. 백마 탄 왕자는 만들어지는 것이지 나타나는 것이 아닙니다.

방영된 지가 10년쯤 되어 기억하는 사람이 많지 않을 것입니다만, 방송

작가 김준일의 단막극에「왕자의 발」이라는 언뜻 보기에
지극히 평범해 보이는 작품이 있습니다. 이 작품에 나오
는 왕자는 진짜 왕자가 아니라, 친구들은 물론이고 아내
로부터도 알뜰살뜰한 대접을 받지 못하는 한 초라한 가
전제품 외판원입니다. 그의 아내도 처녀 시절에는 백마
탄 왕자를 꿈꾸었을 테지요. 공주도 아닌 주제에 말이지
요. 그러니 아내에게 외판원 남편은 별로 자랑스러운 존
재가 못 되었을 겁니다. 그런데 그런 아내에게 어느날 문
득 한 깨달음이 옵니다. 그것은, 왕자는 나타나는 것이
아니라 만들어지는 것이라는 참으로 평범한 깨달음입니
다. 이로써 아내는 공주의 품격을 획득하게 되는 것이지
요. 이 단막극은, 전자제품을 외판하느라고 도시 빈민가
로 쳐들어가 하루 종일 돌아다니다 온 남편의 발을 씻기
면서 아내가 하는 다음과 같은 감동적인 대사와 함께 끝
납니다.

「어머나, 우리 왕자님 발에 물집이 잡혔네.」

「미녀와 야수」라는 만화 영화는 한 자루의 섬뜩한 칼을
숨기고 있습니다. 디즈니가 요즈음의 감각에 맞게 제작
해서 어른아이 할 것 없이 마음 편하게 즐길 수 있는 만화
영화가 된 것일 뿐, 원래 이 이야기는 정신분석의 시금석
으로 종종 이용되기도 하는, 꽤 족보가 있는 서양의 민담

입니다. 1940년대에는 프랑스의 저 유명한 예술가 장 콕도도 같은 제목의 흑백 영화를 제작한 바 있습니다.

내용은, 요약하자면 단순하기 짝이 없습니다. 한 미녀가 때 아니게 아버지에게, 자기의 아름다움에 어울리는 장미 한 송이 꺾어다 줄 것을 요구합니다. 그러나 미녀가 원하는 장미는 야수의 성(城)에만 있습니다. 아버지는 장미를 꺾으러 갔다가 야수에게 잡히는 바람에 어쩔 수 없이, 딸을 야수의 아내로 바쳐야 하게 되지요. 미녀는 추악한 야수의 아내가 되어 악몽 같은 삶을 살아나갑니다. 그러다 이야기는 미녀가 한 깨달음을 얻게 되는 대목에서 확 뒤집히지요.

내가 대관절 무엇인데, 내가 도대체 무엇인데 야수를 이렇게 미워하는가…… 나에게 과연 그런 자격이 있는 것인가……

결국 이 이야기는 미녀가 이런 깨달음을 얻고 병든 야수에게 연민을 느끼는 순간, 바로 그 한순간에 야수가 왕자로 바뀌면서, 다음과 같은 감동적인 고백을 하는 것으로 끝납니다.

나는, 사실은 왕자인데, 이러저러한 이유로 마법에 걸려 야수로 변신하고 말았소. 그대의 연민과 사랑이 그 마법을 풀었으니 이제 그대를 아내로 맞아들이겠소……

하찮은 여자가 백마 탄 왕자 좋아하다가 왕자 행세하는 사기꾼에게 걸려 신세를 쫄딱 망치는, 지극히 눅눅하고 꿉꿉하고 축축한 이야기가 우리 주위에 많지 않아요? 「미녀와 야수」는 아주 오랜 옛날부터 있어왔던 이런 종류의, 듣고 있으면 속이 답답해지는 이야기를 확 뒤집어놓은 것

입니다. 왕자는 고성(古城)에만 있는 것이 아니라는 것이지요.

부처 눈에는 부처만 보이고 야차 눈에는 야차만 보인다는 어려운 경전 말씀까지 갈 것도 없습니다.

미국에 유학와 있던 한 젊은 외교관이 공석에서 자기 아내를 소개하면서 이런 말을 합디다.

「사람들은 우리 부부를 보고 '미녀와 야수'라고 한답니다.」

내가 보기에 머리가 대단히 좋을 터인 그 외교관은 야수에 견주어질 정도의 추남도 아니고, 당사자가 들으면 매우 섭섭할 테지만 그의 아내도 미녀에 견주어질 정도로 눈이 번쩍 뜨이게 환한 것도 아닙디다. 그러나 그 외교관의 인식은 결코 만만한 것이 아닙니다. 우리는 그 말을 듣고 까르르 웃었습니다만, 웃음 뒤끝이 그렇게 개운할 수 없었지요. 나는 만화영화 「미녀와 야수」를 그렇게 정확하게 본 사람을 만난 적이 없습니다. 우리는 그 행복해 보이는 부부를 보면서 감탄하고 말았지요.

오로지 '야수'만이 '미녀'를 만날 수 있는 것이구나…… 하면서요.

달라져야 하는 것은 세상이 아닙니다.

바로 '나의 눈, 나의 인식'인 것이지요. 결국 '나'인 것이지요.

진짜 이유

오랑우탄이라는 동물을 아시지요? '오랑우탄'이라는 말은 이 동물이 많이 사는 나라 말로 '숲의 사람'이라는 뜻이라고 합니다. 이게 '숲의 사람'이라는 이름을 얻은 경위가 재미있습니다.

오랑우탄은 혼자 다니기를 즐긴다고 합니다. 혼자 어슬렁어슬렁 숲속을 돌아다니는 이 동물을 보고 사람들은 이렇게 생각했을 테지요.

고독은 사람만이 느낄 수 있는 것인데 저 짐승이 홀로 고독을 즐길 줄 아는 것을 보니 기특하다. 저 짐승을 앞으로 '숲의 사람'이라고 부르기로 하자……

그러나 오랑우탄은 고독을 좋아하는 것이 아닙니다. 오랑우탄은 대단한 대식가에다 미식가를 겸한다고 하지요. 거기에다가 덩치도 굉장히 큽니다. 이러니 무리를 지어가지고 다니다가는 배불리 먹을 수가 없지요. 그래서 혼자 다니는 것이지요. 고독을 좋아해서가 아니고요. 따라

서 자신의 고독을 '대도시 오랑우탄의 고독'으로 은유한 한 여류시인은 뭘 몰랐던 것이지요.

투우사가 싸움소 앞에다 흔드는, 우리의 양면 보자기와 흡사한 물건을 스페인 말로 '물레타'라고 한다더군요. '물레타'는 두 가지 색깔로 되어 있습니다. 소를 향하는 쪽은 붉은색, 투우사 자신을 향하는 쪽은 노란색입니다. 내가 무슨 소리를 하려는지 벌써 아시지요? 얼핏 보기에는, 투우사가 붉은 물레타로 싸움소를 흥분하게 만드는 것 같지만 실제로 흥분하는 것은 싸움소가 아니라 관중인데, 그 까닭은 소는 색맹이어서 세상의 모든 색채를 흑백으로만 인식하기 때문이라는 것입니다. 소년시절에 이어령 선생의 책에서 이걸 읽을 수 있었던 것을 나는 행운으로 여기고 있습니다.

채찍으로 사자를 다스리는 서커스단의 조련사를 아시지요? 우리는 사자가 공격해 올 경우 조련사는 채찍을 휘둘러, 혹은 고압의 전기 충격으로 사자를 격퇴시키는 것으로 알고 있습니다. 그러나 그렇지 않다는 군요. 사자를 다루기에 앞서 조련사는 사자를 넉넉하게 먹이고 마음을 가라앉혀둔다고 합니다. 말하자면 사자로 하여금, 조련사를 공격할 필요를 전혀 느끼지 못하는 상태로 만들어둔다는 것이지요. 사자가, 포만감을 느낄 때는 절대로 다른 동물을 공격하지 않는다는 것은 널리 알려져 있는 일입니다. 그러나 예외가 있답니다. 다른 동물과 마찬가지로 사자도 자기만의 공간, 자기만의 평화를 누리고 싶어하는데, 이걸 방해하면 배부른 상태에서도 다른 동물을 공격한다는 것이지요.

조련사가 다가가면 사자는 가만히 보고 있습니다. 그러다가 조련사가 어느 선을 넘는 순간 사자는 으르렁거립니다. 자기만의 공간이 침범당하는 순간이지요. 조련사는 채찍을 듭니다. 그러면 사자는 다소곳이 고개를 숙입니다. 채찍에 맞는 것이 무서워서요? 아닙니다. 잘 보세요. 조련사는 채찍을 들면서, 앞발을 뒤로 뽑습니다. 바로 이겁니다. 사자가 다소곳이 고개를 숙이는 것은 자기가 자기만의 공간이라고 상정한 지점에서 조련사가 발을 뽑았기 때문입니다. 사자에게 실로 이 순간은 실락원(失樂園)과 복락원(復樂園)의 착잡한 순간인 것이지요.

이상은, 한 일본인 친구와 「삼국지」이야기를 하면서 해본 생각입니다. 말하자면 우리 앎의 허실이라는 주제로요. 그 일본인은 나와는 달리, 개인적으로 유비 3형제보다는 조조를 좋아한다면서 일본에는 자기와 비슷한 생각을 가진 사람들이 많다고 하더군요. 가만히 생각해 보니 일본에는 조조를 재평가하는 책이 여러 종류 나와 있는 것 같습니다. 우리는 성공한 정치가이자 장군이라고 할 수 있는 조조가 악당 취급을 받는 데 견주어 실패한 정치가이자 장군이라고 할 수 있는 유비와 그의 두 아우는 대중의 사랑을 독차지하는 까닭을 놓고 오래 토론을 벌였지요. 끝내 답을 내지 못했어요. 답을 내어보았자, 그날에만 유효한 답에 지나지 않았을 테지만요.

그래서 나는 혼자서, 내가 왜 이들을 좋아하는지 그 까닭을 한번 곰곰이 생각해 보았습니다. 말하자면 분석을 때려엎고 썩 '심정적'인 상태가 되어보았던 것이지요. 그랬더니, 세상에 참 이상한 일도 다 있지요?

일본인 친구가, 조조를 좋아하는 까닭으로 열거했던 조조의 잘난 점들이 내게는 조조를 싫어하는 이유가, 일본인 친구가 유비 3형제를 싫어하는 까닭으로 열거했던 3형제의 못난 점들이 내게는 이들을 사랑하는 이유가 되더라는 것입니다.

머리 좋고 아름다운 대학교수를 아내로 둔 어느 친구가 바람을 피웠다고 하지요. 누구와 바람을 피웠는가 하면, 대학교수 아내와는 어느 모로 보나 도무지 비교의 대상이 되지 못하는, 말하자면 우리 사회에서 하찮게 보이는 여자를 상대로 바람을 피웠다지요. 그 여자를 만나 머리 끄덩이 잡아 흔들고 온 대학교수 아내가 남편에게 이랬다는군요.
「나는 당신이 바람을 피웠다는 사실만 가지고 이렇게 길길이 뛰는 것이 아니다. 그 여자의 어디가 나보다 나으냐? 나보다 나은 여자와 바람만 피웠어도 내가 이러지는 않을 것이다.」
그 대학교수 헛똑똑이 아닌가요?

우리 영원의 길이

어린 시절, 이발관 벽거울 앞에서 했던 아찔한 경험입니다.
머리 다듬기를 끝낸 이발사가 손거울을 하나 주면서, 뒤통수의 머리가 제대로 깎였는지 어디 네 눈으로 확인해 봐, 하더군요. 나는 벽거울 앞에 앉은 채로 손거울을 뒤통수에 들이대었지요. 그때 내가 본 것은 나의 뒤통수가 아닙니다. 그때 내가 본 것은 손거울과 벽거울 사이로 난 아득한 거울의 터널입니다. 나는 이때 했던 경험을 '아찔한 경험'이라고 부릅니다. 어찌 나 혼자만 한 경험일까요.

이호우(李豪雨)라는 분의 시조(時調)에, "낯익은 풍경이되 달 아래 고쳐 보니, 돌아올 기약 없는 먼 길이나 떠나온 듯……," 이런 구절이 있습니다.
비디오카메라를 장만했을 때의 일입니다.

나는 비디오카메라를 텔레비전과 연결시키고 나서, 손때 묻은 집안의 물건과 바깥의 경치 같은 것을 찍어보았습니다. 내가 일상적으로 경험하는 풍경이, 비디오카메라의 시각과 텔레비전의 화상을 통해서 볼 때는 어떻게 달라지는지 궁금했던 것입니다. 이호우 식으로 말해서, 낯익은 풍경을, 비디오카메라의 시각과 텔레비전의 화상으로 한번 고쳐서 보고자 했던 것입니다.

나는 삼각대 위에다 비디오카메라를 올려놓고 집 안의 온갖 사물을 찍어보았습니다. 물론 내가 찍는 사물은 일일이 텔레비전 수상기에 고스란히 나타났고요.

밀어놓고도 보고, 당겨놓고도 보고, 비스듬하게 놓고도 보고, 거꾸로 놓고도 보고…… 하여튼 나는 별 재주를 다 부리면서, 내게 낯익은 풍경을 보되, 시각을 '고쳐서 보고자' 했습니다. 그러다 또 한 차례 아찔한 경험을 하게 됩니다.

카메라가 텔레비전 수상기를 똑바로 비추었을 때입니다. 텔레비전 수상기에는, 피사체가 된 바로 그 텔레비전 수상기가 비쳤습니다. 나는 카메라로 피사체를 아주 가까이 끌어당겨 보았습니다. 그랬더니 텔레비전의 수상기 안으로는 좌르륵, 텔레비전 수상기의 터널이 열리는 것입니다. 그럴 수밖에요. 내가 카메라로 텔레비전을 잡는 순간, 그 텔레비전은 이미 저의 모습을 그 안에다 비추고 있었으니까요. 텔레비전에, 그 텔레비전에 비친 텔레비전이, 그 텔레비전 안에 텔레비전에 비친 텔레비전이, 그 텔레비전 안에, 또 그 텔레비전에 비친 텔레비전이…… 상상에 맡기겠습니다.

승강기를 탔더니, 승강기 오른쪽 벽과 왼쪽 벽에 거울이 하나씩 붙어 있더군요. 어떤 교회가 기증한, 크기가 똑같은 거울 두 개가 마주 붙어 있더군요. 나는 왼쪽 거울이 마주 보이게 돌아섭니다. 그러면 왼쪽 거울은 앞거울이 되고 오른쪽 거울은 뒷거울이 됩니다. 나는 또 한번 아득해지고 맙니다. 내가 앞거울에 비친 뒷거울을 보는 순간, 승강기 벽 앞뒤로 거울 액자의 터널이 뚫린 것입니다. 앞거울에는, 뒷거울에 비친 앞거울이 보입니다. 그 순간 앞뒤의 거울은 무량수로 늘어납니다. 앞거울에 비친 뒷거울에 비친 앞거울에 비친 뒷거울에 비친 앞거울에 비친 뒷거울에 비친 앞거울에 비친 뒷거울에 비친 앞거울에 비친…… 승강기 벽 앞뒤로 무수한 거울의 액자로 이루어진 무한 세계가 3차원으로 펼쳐지는 것입니다. 액자 속의 액자 속의 액자 속의 액자 속에 든 무수한 거울 액자의 터널…… 터널 끝에 소실점(消失點)이 있을 테지만, 나의 시선은 그 소실점에 미치지 못합니다. 시점(視點)을 바꿀 때마다 거울 액자의 터널이 휘기 때문이기도 하려니와, 그것을 관찰하는 나의 머리가 소실점을 가리고 있기 때문이기도 합니다.

나에게는 이것은, 언제 보아도 기이한 풍경입니다. 이 기이한 풍경은 나에게 상처의 경험과 계시의 경험을 안깁니다. 정확하게 말하자면 이 기이한 풍경은 나에게 때로는 상처를, 때로는 계시를, 때로는 이 양자

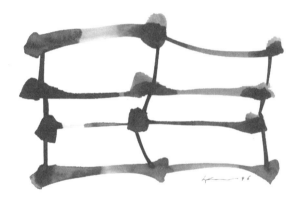

사이의, 이름 붙일 수 없는 느낌의 경험을 안기기도 합니다.

두 거울의 비추기와 되비추기는 영원히 계속됩니다. 거울 속에 비친 무수한 거울을 헤아려봅니다. 하나 둘 셋 넷 다섯 여섯 일곱 여덟 아홉…… 나는 불과 스무 개도 헤아려내지 못합니다.

거울의 터널은 나에게 속삭이는 듯합니다.

「몇 개까지 세었는지 말해 보라, 그것이 네 영원의 길이다.」

김용택 시인은, "백 년을 한 산만 바라보며 나는 살 자신이 있다"고 쓰고 있습니다. 나는 그가 마음에 듭니다. 영원히…… 라고 함부로 하지 않는 것이 마음에 듭니다.

영원의 알레고리는 도처에 있습니다. 문제는 영원의 지각 범위(知覺範圍)가 되는 우리의 시력(視力)입니다. 영원한 것이 존재하느냐 마느냐 할 일이 아닌 것입니다.

기미 읽기

요즘 들어, 낌새나 눈치, 혹은 짐작의 근거나 요소를 가리키는, '기미(機微)'라는 말이 잘 쓰이더군요. '기미'라는 말은 사실 그 개념을 정의하기가 새삼스러울 정도로 우리가 자주 쓰던 말입니다. 그 친구 어쩌나 궁둥이가 질긴지 일어날 기미를 보이지 않는다……

비 올 기미가 보여서 우산을 가지고 왔지요……

이런 식으로요. 그런데 요즘 잘 쓰이는 이 '기미'는, 서양의 개념인 '기호'가 첨가되면서 의미가 더 풍부해진 것 같더군요.

우리 문화에 관한 한, 우리는 이 '기미 읽기'의 선수들이지요.

우리 어리던 시절, 처녀는 머리카락을 땋아서 늘어뜨렸고, 그 처녀가 시집을 가면 땋았던 머리카락을 틀어올려 비녀를 꽂았습니다. 이걸 보고 쪽을 찐다고 하지요. '쪽팔린다'는 말이 혹시 여기에서 나온 말이

아닐까요? 옛날에는 남자도 마찬가지였을 테지요. 총각은 머리를 땋아 늘어뜨렸고, 장가 든 사람은 상투를 틀었을 테니까요. 그러나 우리 어리던 시절에는 머리를 땋는 총각도 없었지만 장가 든다고 상투를 트는 사람은 없었습니다. 그러니까, 나는 상투 트는 풍습은 사라지고 쪽 찌는 풍습만 남은 시대를 지나온 셈입니다.

처녀가 시집을 가서 쪽찐 머리로 나들이할 때의 모습이 지금도 눈에 선합니다. 시집을 갔다고 해서 새색시가 보란 듯이 쪽을 찌고 당당하게 나돌아다닌 것은 아닙니다. 쪽이 부끄러워서 그랬을 테지만, 새색시들은, 적어도 며칠 동안은 수건 같은 것으로 쪽을 감추고 다니고는 했습니다. 요컨대, 우리 어리던 시절에는 머리카락만 보고도 그 여자가 미혼인지 기혼인지 알 수 있었습니다. 요즘은 통 알 수가 없지만요.

우리 마을에 살던 한 어른이 멀리 사는 친구의 집을 방문했을 때의 실수담입니다. 우리 마을 어른이 친구집에 당도하고 보니까, 머리에 수건을 쓴, 열일고여덟 살 되어 보이는 계집아이가 하나 집을 지키고 있을 뿐, 친구는 밭에 나가고 없더래요. 우리 마을 어른은 당연히 딸이겠거니 여기고, 얘야, 아버지 어디 가셨느냐, 하고 물었고, 처녀는, 밭에 가셨습니다만, 곧 오실 시각이 되었습니다, 했을 테지요. 마루에 앉아 친구를 기다리고 있으려니 갈증이 나더랍니다. 그래서 그 계집아이에게, 애야, 물 한 대접만 주려느냐, 하고 부탁했더라지요. 물론 물을 얻어 마시기는 했지요. 이윽고 그분의 친구가 돌아왔습니다. 그런데 말을 하는 것을 들어보니까 딸이 아니고 그 집 며느리더랍니다. 그러니까 우리 마을 어른은 친구의 며느리에게, 애야, 아버지는 어디에 가셨느냐, 애야, 물 한 대접만 주려느냐, 고 한 셈입니다. 우리 마을 어른은 이 이야기 끝에 그러더군요. 그 집에 다시는 못 가게 되었노라고요. '기미' 읽지 못하는 것은 큰 흉이 되었지요.

상을 당하면 여자들은 곡을 하되 꼭 머리를 풀어내리고 곡을 했습니다. 그런데 머리가락 풀어내려도 며느리와 딸네가 달랐어요. 며느리는 머리카락을 풀어내리되 오른쪽으로 풀어내렸고, 딸네들은 왼쪽으로 풀어내렸습니다. 그래서 상가에 가서 척 보고도 우는 여자가 고인의 며느리인지 딸인지 금방 알아볼 수가 있었지요. 그걸 척 알아보지 못하고, 며느리냐, 딸이냐, 이렇게 묻는 사람은 동아리의 따돌림을 받고는 했답니다. 한 문화가 거기에 속한 동아리에게 묵시적으로 기미를 내어보이는데도 그것을 읽지 못한다…… 우리는 이런 사람을 눈치 없는 사람이라고 부르기도 합니다.

풍당풍당 돌을 던지자
누나 몰래 돌을 던지자
냇물아 퍼져라

멀리멀리 퍼져라
건너편에 앉아서 나물을 씻는
우리 누나 손등을 간질여 주어라

이 노래말 가만히 읽고 그 정경을 떠올려보면, 물에다 돌
을 던지는 한 아이의 모습, 건너편에서 번져와서 손등을
살살 간지르는 물결을 통해 아우의 누나 사랑하는 마음을
읽는 한 처녀의 모습이 그린 듯이 곱습니다. 아이는 누
나, 좋아해, 라고 차마 말할 수 없어서, '기미'만 내보입
니다. '기미 읽기'의 꽃이라고 할 수 있는 이 이야기는 철
학자 김상일 교수의 무쭐한 철학책에 나옵니다.

김유신에 관한 전설에 이런 것이 있습니다. 싸움터로 나
가면서 그는, 마땅히 노모(老母) 뵙고 가야 하는데, 그러
지 않았다고 하지요. 병사들 사기 떨어질까봐 그랬다는
군요. 노모에게 작별인사하고 싶은 마음이야 장졸간에
다를 것이 없었을 테니까요. 그런데 김유신은 자기 집 앞
을 지나면서 부하를 들여보내어 간장 한 종지를 떠오게
하고는 그걸 단숨에 마시고는 이랬다는군요.
「간장 맛이 변함없는 것을 보니, 우리 어머니도 편안하
시고, 집안에도 별일이 없는 모양이로구나.」
좀 짜기는 했을 것입니다만 '기미 읽기'의 극치 아닙니까?

비는, 내리기 전에 먼저 기둥을 습하게 만드는 법이라고 했습니다. 터지고 무너질 '기미'를 읽어야 하는데, '기미'가 보이지 않는 모양입니다.

'기미'가 사라진 것인가요?

우리가 눈을 감고 있는 것인가요?

우리는 이 방면의 선수들 아니던가요?

사람의 땅

어느 날 땅의 신이 새벽녘에 사람들을 모아놓고 말합니다. 「지금부터 해가 떨어질 때까지 여유를 주겠다. 제각기 괭이를 하나씩 들고 빈 들로 나가 땅에다 세모가 되었든 네모가 되었든 동그라미가 되었든 금을 그어 각자 자기 몫의 땅을 차지하도록 하여라. 세모가 되었든 네모가 되었든 동그라미가 되었든, 너희들이 그려내는 땅의 소유권은 그것을 그린 사람 것이 되도록 하겠다. 크게 그리든 작게 그리든 상관없다. 그러나 해 떨어지기 직전까지는 반드시 떠난 자리로 돌아와야 한다. 세모가 되었든 네모가 되었든 동그라미가 되었든 반드시 하나의 도형이 완성되어야 한다. 자, 그러면 어서 괭이를 끌고 길을 떠나 너희 근기(根氣)에 맞는 땅을 차지하도록 하거라.」

신의 말이 떨어지기가 무섭게 사람들은 괭이로 땅에다 도형을 그립니다. 한 시간 만에 지름이 오 리쯤 되는 동그라미를 그린 사람도 있고,

다섯 시간 만에 한 변의 길이가 20리쯤 되는 세모꼴을 그린 사람도 있고, 열 시간 걸려 한 변의 길이가 30리쯤 되는 큼지막한 네모꼴 그린 사람도 있습니다. 땅의 신은 각각 그 근기에 맞게 세모꼴이 되었든 네모꼴이 되었든 동그라미가 되었든, 그것을 그린 사람에게 그 땅의 소유권을 넘겨줍니다.

개중에는 좀 유별난 사람이 하나 있었던 모양입니다. 이 사람도 괭이를 끌고 빈 들로 나갑니다. 그러나 다른 사람들은 정오가 되기도 전에, 세모가 되었든 네모가 되었든 동그라미가 되었든, 해지기 전에 도형 그리기를 마무리지으려고 그 떠난 자리로 되돌아오기 시작했는데도 불구하고 이 사람은 도무지 그림꼴 마무리질 생각은 않고 빈 들로 나가기만 합니다. 한 친구가, 해지기 전에 그리기를 마치려면 그쯤에서 방향을 바꾸어야 한다고 소리를 질렀지만 이 사람은 들은 척도 하지 않습니다. 하지만 이 사람이 빈 들로 아주 나가버린 것은 아닙니다. 이 사람은 정오가 된 뒤에야 방향을 바꾸었다가 한참을 더 내달은 뒤에야 떠난 자리를 향하여 되돌아오기를 시작합니다만, 불행히도 해 떨어지기 직전, 거대한 동그라미를 마무리짓기 직전, 지나친 체력의 소모를 이겨내지 못하고 그만 숨을 거두고 맙니다.

제 근기에 맞게 땅 차지한 것을 자축하던 친구들은 이 사람의 죽음에서, 사람은 분수에 맞게 깜냥껏 처신해야 한다는 귀중한 교훈을 얻었을 테지요.

네 주일 동안 자동차로 북미대륙을 돌아와서 씁니다. 약 만 6천 킬로미터를 돌아올 동안 여러 가닥의 생각이 내 머리를 차례 없이 맴돌고는 했습니다. 역사에 대한 생각, 자연에 대한 생각, 환경에 대한 생각이 당연히 빠질 수 없었지요.

그런데 그 가운데 한 생각이 바로, 톨스토이의 작품으로 짐작되는 이 우화입니다. 이 우화는 때로는 세모꼴로 때로는 네모꼴로 때로는 동그라미로 내 마음속을 맴돌고는 했습니다. 서울을 다녀온 지 오래지 않고, 또 미국의 여러 대도시에서, 한국의 옛친구들과 친지들을 만난 뒤여서 그랬습니다. 나의 옛친구나 친지들은, 한국이 되었든 미국이 되었든, 거의 예외 없이 이녁이 그려내고, 마침내 그 소유권을 차지하게 된, 세모꼴 같기도 하고 네모꼴 같기도 하고 동그라미 같기도 한 땅을 한 자락씩 깔고 앉아 벌써 하나의 풍경 노릇을 하고 있는 것입니다. 그것은 대견해 보였습니다. 그러나, 아직도 그런 땅을 차지하지 못한 채 괭이를 끌고 빈 들을 헤매는 친구를 딱하게 여기는 모습은 아름답게 보이지 않습디다. 아직도 벌건 대낮인데 일몰 걱정은 당치 않은 것이지요.

나는 사람을 대할 때마다 이런 생각을 하고는 합니다.

「그대가 나날이 얻어들이는 정보, 나날이 읽어들이는 교양이 무엇으로 바뀌는지 보여다오. 그대가 어떤 사람인지 짐작할 수 있도록……」

「그대가 우겨넣는 나날의 먹거리가 뱃속에서 소화되어 무엇이 되는지 보여다오. 그대가 어떤 사람인지 짐작할 수 있도록……」

나는 이 여행 끝에 이제 이런 생각을 하나 덧붙이게 됩니다.

「세모꼴이 되었든 네모꼴이 되었든 동그라미가 되었든 그대가 그 소유권을 차지했다고 생각하는 땅을 보여다오. 그대가 어떤 인간인지 짐작할 수 있도록……」

나비는 수심(水深)을 몰라서 바다가 조금도 두렵지 않다…… 이렇게 노래한 시인은 김기림이던가요. 올리버 크롬웰은, 사람은 어디를 향해 올라가고 있는지 모를 때 가장 높은 데까지 올라간다고 했지요, 아마.

산불로 크는 나무

북미대륙을 한 바퀴 돌아온 뒤로 시름시름 앓고 있는데, 이거 혹시, 지혜열(知慧熱)이 아닌가 싶네요. 아이들 키우면서 자세히 보니까, 저희들에게 벅찬 것 하나씩 익힐 때마다 아이들은 크고 작은 열병들을 하나씩 앓고는 하더군요. 이걸 지혜열이라고 한다는데, 내가 앓고 있는 것이 지혜열이라면 대륙 일주 여행의 크기가 내 지진한 정신에 벅찼기 때문일까요?

설마 그렇기야 하려고요? 비록 요즘 들어서 한동안 한반도 남쪽에 쪼그리고 살고 있을망정, 우리도 원래는 대륙을 누비면서 살던 백성 아닌가요. 나의 이 열병은 따라서, 여행 끝난 뒤에, 자주 사람을 헛갈리게 하던 대륙의 체험을 차근차근 소화하려는 데서 오는 피곤이기가 쉽겠습니다.

캘리포니아 주 세코이아 국립공원에 서 있는 수천 그루의 세코이아 나무는 나를 헛갈리게 한 것 중의 하납니다. 책을 통해서 보기는 많이 보아서 알고는 있었지만, 과연 크기는 크더군요. 높이가 자그만치 백 미터, 지름이 12미터나 됩니다. '아름'은 이 나무의 크기를 재는 단위로 벅찹니다. 둘레가 37미터에 육박하니까 이 나무를 감싸안으려면 장정 22명이 둘러서야 한다는 계산이 나옵니다.

가장 큰 세코이아의 바닥 단면을 대충 계산해 보았더니 28평 가까이 되더군요. 나이도 놀랍습니다. 개중에는 수령이 무려 3천 2백 살이 되는 세코이아가 있다니까 역사 연표 들여다보는 일이 새삼스러워집니다. 나이테가 보이도록 잘라놓은 단면이 있어서 가만히 들여다보았더니, 예수님 태어나신 해의 나이테가 한 중간에 있습니다. 우리가 태어난 1940년대는 언감생심…… 세코이아의 주변문화에 불과합니다.

세코이아 국립공원은 시에라 네바다 산맥의 북부에 위치합니다. 세코이아는 눈이 많은 고산 지대에 군생해 있더군요. 적설량이 많은 고산에서 살아남자면 몇 가지 생존 조건이 필요합니다. 키가 커야 하고, 곧아야 하고, 가지가 적고 부드러워야 합니다. 그런데 세코이아는 이 세 가

지 조건을 두루 갖추고 있습니다. 키가 백 미터에 가까워도 가지는 수도 적을뿐더러 짧고 볼 것이 없습니다. 나무가 어찌나 곧게 서 있는가는, 이 거대한 세코이아의 뿌리를 보면 알 수 있습니다. 천 톤이 넘는 이 나무를 지탱하는 뿌리는, 깊이 겨우 한 길에 불과합니다. 옆으로도 30미터 이상은 뻗지 않고요. 따라서 지반침하 같은 자연적인 이유로 조금이라도 기우는 날이 이 나무가 수명을 다하는 날입니다.

무게 천 톤이 넘는 이 나무의 유일한 천적이 인간이었다는 설명이 우리의 가슴을 어둡게 합니다. 그러나 이 신성한 나무는 19세기의 벌목꾼들 손에서도 살아남게 됩니다. 무르면서도 제재해 놓으면 툭툭 잘 부러지는 재질이 결국 이 나무를 살리게 되니, 장자님 말씀이 옳은 거지요.

세코이아 숲에 연기가 자옥하게 피어올라서 산불이 난 줄 알고 자동차를 돌리려고 했습니다. 그런데 안내 표지가 있더군요. 국립공원 관리공단이 부러 지르고 통제하는 산불이니만치 놀라지도 말고 신고하지도 말라는 내용입니다. 그런데 불을 지르는 이유가 걸작입니다. 거대한 세코이아는, 정기적으로 산불이 나지 않으면 생존이 불가능한 나무라는 것인데, 그 이유는 이렇습니다.

세코이아의 덩치가 그렇게 커도 솔방울은 조금 더 두꺼울 뿐 여느 솔방울과 다름이 없고 씨앗의 무게는 겨우

0.05그램에 지나지 않습니다. 발아하려면 대지와 접촉해야 하는데 이렇게 작고 가벼운 씨앗은 낙엽층 때문에 땅과 접촉할 방법이 없을뿐더러, 요행히 발아한다고 하더라도 햇빛을 볼 수 없어서 자랄 수가 없습니다. 그런데 자연발화로 인한 정기적인 산불로 세코이아 씨앗은 세 가지 혜택을 누립니다. 낙엽이 타는 덕분에 두꺼운 솔방울 속에 있던 씨앗은 대지와 접촉할 수 있게 되고, 낙엽이 사라진 덕분에 햇빛을 볼 수 있으며, 낙엽의 재가 훌륭한 거름이 되는 것입니다. 산불에 힘입어 싹을 틔우기만 하면 1년에 약 30센티미터씩 자라 백 년 뒤에는 약 30미터에 이른다고 하니, '시작은 미약하나 끝은 실로 창대한' 것이지요.

세코이아를 보고 있으려니, 참으로 큰 것은 이렇게 크는 것이구나, 싶더군요.

어른의 학교

버려야 할 버릇이 어디 하나둘이겠습니까만, 나에게는 요즘 들어서 부쩍 고치려고 힘을 많이 기울이는 더러운 버릇이 하나 있습니다. 그것은, 나보다 나이가 많은 사람은 별로 존경하지 않으면서도, 나보다 나이가 적은 사람은 은근히 깔보는 버릇입니다. 상대방을 존중하는 척하다가도 나이를 알게 되면 속으로, 응, 내가 입대하던 해에 너는 아무데서나 엉덩이를 까고 오줌을 누고 다녔겠구나, 혹은, 내가 중학교에 들어가던 해에 태어난 것이 알면 얼마나 안다고 주둥아리를 함부로 놀리느냐…… 이런 식입니다. 물론 욕먹을까봐 말은 그렇게 안하지요.

내가 가까이 사귀어 모시는 선배 가운데, 미국의 대학교 앞에다 조그만 식료품 가게를 연 분이 있습니다. 내가 아는 한 그 선배는, 선비형에 가

까운, 다소 완고하고 꼬장꼬장한 한국인입니다. 어느 정도냐 하면, 본보일 것이 없다면서 아들딸이 당신 가게 출입하는 것을 좋아하지 않을 정도랍니다. 그는, 아들딸이 기웃거려야 하는 곳은 도서관이지 당신의 가게가 아니라고 믿는다는 뜻에서, 맹자 어머니는 아직도 옳은 것입니다. 그는 나에게, 미국에서 자라고 있는 한국 아이들의 장래를 자주 걱정하고는 했습니다. 그는, 컴퓨터나 워드프로세서 때문에 아이들의 필체가 뒷걸음질하고 있는 것이나, 전자계산기에 중독된 나머지 구구단을 이용한 간단한 암산까지도 힘들어하는 것은 분명한 퇴화의 징조라고 하는 등, 하여튼 걱정을 많이 했습니다. 나는 그런 그에게 대들고는 했지요. 장차 그들이 살 세상에서는 필체 좋은 것이나 속셈 빠른 것 따위는 별 미덕으로 꼽히지 못할 것이라면서요.

그런데 그러던 그가, 얼마 전부터는 가게에서 팔 물건 떼러 대도시 도매상 갈 때는 지난 초가을에 대학생이 된 아들을 반드시 대동한다는 소문이 돕니다. 이는, 아들딸의 당신 가게 출입을 달갑게 여기지 않던 그의 심경에 '발전적인' 변화가 생긴 증좌임에 분명한 것이지요. 그 발전적 변화의 내역은 이렇습니다.

그가 자기 손으로 떼어온 음료와 먹거리가 자꾸만 재고로 남아도는 까닭을 궁금해하고 있는데, 아들이 지나가는 말처럼,「대학생들의 입맛은 대학생만 압니다」, 그러더라는군요. 그래서 대학생 아들을 데리고 다니면서 아들 입맛에 따라 물건을 떼어왔더니 신통하게도 떼어 온 족족 팔려서 재고가 남지 않더라는군요.

"열두 살배기 착한 소녀가 있습니다. 이 소녀는 눈에 번쩍 띄게 예쁜 것은 아니지만 귀엽습니다. 집안도 그런 대로 살림을 꾸려갈 정도는 됩니다. 아버지는 지위가 높지는 않아도 늘 열심히 일을 하는 분입니다. 어머니는 체중이 조금씩 늘어가는 걸 걱정하지만, 그래도 건강이 나빠지는 것보다는 낫다면서 지나치게 짜증스러워하는 빛은 보이지 않습니다. 소녀는 꽤 행복합니다. 행복하게 살고 있는 소녀에게 어느 날 천사가 와서 말합니다.
「착하게 사는 네가 기특하다. 반드시 들어줄 터이니 소원을 한 가지만 말하거라. 딱 한 가지만 말해야 한다. 내일 밤에 다시 올 테니까 잘 생각했다가 소원이 무엇인지 말해 다오. 딱 한 가지라는 걸 잊지 말아라.」 소녀는 그러겠노라고 대답합니다. 하기야, 천사가 소원 한 가지를 이루어준다는데 싫다고 할 사람이 어디 있겠어요.
「나를, 무지하게 예쁘게 만들어 달랠까? 공부를 무지하게 잘하게 만들어 달랠까? 입학 시험을 없애달랠까……」
그러나 이걸 말하자니 저게 걸리고, 저걸 말하자니 이게 걸립니다.
「……아빠가 돈을 아주 많이 벌게 해달랠까? 엄마의 체중이 불어나지 않게 해달랠까? 큰 집을 한 채 지어달랠까? 좋은 자동차를 한 대 달랠까…… 아니, 그러고 보니……」

소녀는 천사에게 말할 소원을 생각하다가 깜짝 놀랍니다. 소원을 생각하다 보니, 넉넉하고 행복하게 여겨지던 자기 주위가 초라하게 보이기 시작한 것입니다.

밤새 고민하던 소녀는 천사가 나타났을 때 결국 이렇게 말하고 맙니다. 「소원이 이루어진다고 지금보다 더 행복해지는 것은 아니겠어요. 그러니까 약속을 거두어가세요. 지금이 좋아요. 행복해요. 천사님께 말씀드릴 소원을 생각하다 보니 제가 막 불행해지는 느낌이었어요. 덕분에 한 가지를 깨달았어요. 처음에는 천사님이 이루어지게 해주겠다고 한 약속이 이 세상에서 가장 좋은 약속인 줄 알았더니, 나중에 가만히 생각해 보니까 이 세상에서 가장 심술궂은 약속이더라고요. 그러니까 약속을 거두어가세요.」

이것은, 딸아이가 중학교 2학년 때 쓴, '최상의 소원은 최악의 소원(The best but the worst wish)'이라는 동화의 내용입니다. 나는 이 글을 읽고,「어떤 사람의 소원이 무엇인지 알면 그 사람이 어떤 인간인지 알 수도 있겠구나」, 이런 생각을 하게 되었습니다. 소원이 없는 삶, 더 바랄 것이 없는 삶이 반드시 양질의 삶일 리야 없겠지요만, 삿된 소원, 삿된 꿈이 우리를 누추하게 하는 것은 분명합니다. 이런 아이들 앞에서는 장난으로라도 복권 같은 것을 사서는 안 되는 것이지요.

지난 여름의 자동차 여행에서 우리 일행은 휴대용 가스 버너와, 휴대용 가스를 여러 통 준비했습니다. 가스 버너는, 자동차에 싣고 다니니 여간 편리한 것이 아니더군요. 그런데, 북미 대륙 서부의 사막지대로 접근하면서부터 휴게소에는, 프로판 가스통을 자동차에 싣고 다니면 위험하다는 경고문이 눈에 띄기 시작했습니다. 온도가 오르면, 가스통이 폭발할지도 모른다는 것입니다. 아닌게아니라 가스통에도, 섭씨 40도가 넘으면 폭발할지도 모르니까 사막지대로 들어갈 때는 자동차에 두지 않는 것이 안전하다는 경고문이 붙어 있었습니다. 텍사스 주 경계를 넘고부터 기온은 40도를 웃돌기 시작했습니다. 여름철에 주차장에 주차해 있을 동안 자동차 안의 온도가 얼마나 올라가는지 잘 아시지요? 우리 어른들은 결국, 다섯 개나 남은 가스 통을, 누군가가 주워 쓸 수 있도록 휴게소의 나무 그늘에다 유기하기로 의견을 모았습니다. 아깝기도 하고, 만일의 경우가 걱정스러웠습니다만 어쩔 수 없었지요. 그런데 여행중의 영상 기록을 담당하던 고등학교 3학년짜리(지금은 대학생) 아들이 지나가는 말로 이러는 겁니다.

「아이스박스에는 얼음과 먹거리만 넣는다는 고정관념을 버리세요.」

「!!!」

아이의 말을 좇아 우리는 가스통을 아이스박스에 넣었습니다. 뒤에 수소문해 보고 알았거니와, 우리는 섭씨 50도가 넘는 북미 대륙 서부의 사막지대에서도 끄떡없이 가스통을 가지고 다닌, 회귀한 여행객이었더군요.

자식 자랑이 아닙니다. "뒤에 난 사람을 두려워할 줄 알아야 한다(後生可畏)"느니, "아랫사람으로부터 배우는 것을 부끄럽게 여기지 않아야 한다(不恥下問)"느니 하는 옛말 그르지 않더라고요. 어린 것들도 능히 스승 노릇을 하니 우리 사는 데가 온통 학교가 아니고 무엇인가요?

우리가 싸질러야할 것

현철(賢哲) 장자의 어록인 『장자』에는 이런 이야기가 나옵니다. 제나라의 환공이 방에서 책을 읽고 있자니까, 뜰에서 수레바퀴를 깎고 있던 편씨 노인이 망치와 끌을 놓고는 뜰 위로 올라와 환공에게 공손하게 물었습니다.

두 사람 사이에는 다음과 같은 이야기가 오고갑니다.

「방해해서 죄송합니다만, 지금 읽으시는 책이 어떤 책인지요?」

「성인의 말씀이라네.」

「살아 계신 성인의 말씀이신지요?」

「아니, 이미 이 세상을 떠나셨다네.」

「하면 성인이 뱉어놓은 찌꺼기를 읽고 계시는군요?」

「네 이놈, 그게 무슨 말버릇이냐? 어째서 내가 읽고 있는 것이 성인이 뱉어놓은 찌꺼기라는 말이냐? 그렇게 말한 까닭을 설명해 보아라. 제대로 설명해 내지 못하면 목숨을 부지하지 못할 것이다.」

「제가 잘할 수 있는 일은 수레바퀴 깎는 일밖에 없으니까 이 일로써 설명하겠습니다. 수레바퀴 깎는 일 중에서 가장 어려운 일이 바퀴의 굴대 구멍을 깎는 일입니다. 왜 어려운고 하니, 너무 넓게 깎아놓으면 굴대를 끼우기는 쉬워도 헐렁해서 바퀴가 심하게 요동하고, 너무 좁게 깎아놓으면 굴대가 빡빡해서 못 쓰기 때문이지요. 그런데도 저는 마음먹은 일을 손으로 잘할 수 있어서 크지도 작지도 않게 굴대 구멍을 깎을 수 있습니다. 깎을 수는 있어도 이것을 언어로 설명할 수는 없습니다. 그래서 제 아들에게 가르쳐주고 싶어도 가르쳐줄 수 없고, 제 아들은 배우고 싶어도 제가 설명을 할 수 없으니까 배울 수가 없습니다. 제가 일흔 살이 넘도록 이렇게 수레바퀴를 깎고 있는 것은 바로 이 때문입니다. 제가 제 기술을 아들에게 전하지 못하듯이, 공께서 읽으시는 그 성인도 정말 전하고 싶어하던 것은 전하지 못하고 세상을 떠났을 것이니, 그 책에 씌어 있는 것은 고작 그 성인이 깨달은 바의 찌꺼기 같은 것이 아닐는지요?」

제 환공은 이 말에 크게 깨달은 바 있는 것으로 되어 있습니다.

중국의 선승 현감은 산에서 금강경을 공부하고는 더 공부할 요량으로 금강경을 한 짐 짊어지고 내려오다가 떡장수 할머니를 만납니다. 현감이 점심(點心) 때가 되어 시장한 나머지 떡을 사먹으려고 하자 노파가 묻습니다.

「과거 마음도 부처 마음이 아니고, 미래 마음도 부처 마음이 아니라고 하는데, 스님 같으면 어디에다 점을 찍겠습니까? 대답을 하셔야 떡을 팔겠습니다.」

현감이 이 질문에 대답하지 못하자 노파는,「대답을 못했으니 굶으세요」, 이러고는 사라져버립니다.

현감은 주린 배를 안고 그 길로, 숭신 큰스님이 머물고 있던 용담사라고 하는 절로 갑니다. 방에서 밤이 이슥도록 이야기를 나누고 있던 현감이 객승의 방으로 가려고 큰스님 방을 나오는데 밖은 칠흑 어둠입니다.

「캄캄하군요.」

현감이 중얼거리자 큰 스님이 등잔불을 켭니다. 그런데 현감이 겨우 객승의 방을 향하여 몇 발자국 떼어놓는 순간 큰 스님은 그 등잔불을 불어서 꺼버립니다.

바로 그 순간에 큰 깨달음을 얻은 현감은 그 이튿날 아침 법당 앞에서, 그 동안 짊어지고 다니던 금강경에다 불을 지르고 말지요.

이 이야기는,「빛이 어디에서 오느냐」는 질문을 받자 촛불을 불어 꺼버리더라는 수피교도를 떠올리게 합니다.

내가 재미없어하는 사상가 한비자의 책에도 책 불싸지르는 이야기가 나옵니다.

왕수라는 사람이 책을 한 짐 지고 주나라 서울로 가던 도중 서빙이라고 하는 은사(隱師)를 만납니다. 서빙은, 왕수가 공부할 마음이 있어서 주나라 서울로 간다고 하자 이런 말을 들려줍니다.

「책이라고 하는 것? 그것은 사람이 쓴 것이네. 그런데 사람의 지식이라고 하는 것은 다 그 시대를 겨냥하는 법이라네. 지혜로운 사람은 세상의 한 시대에 얽매이지 않는 법인데 그대는 어찌 그리도 많은 책을 지고 다니는가?」

이 말에 퍼뜩 깨달은 바가 있었던 왕수는 그 자리에서 책을 불살라 버리고 책에서 자유로워진다는 것입니다.

『그리스인 조르바』도, 책상물림인 작가 지망생에게 자주 이러고는 하지요.

「거, 책이라는 거 확 불싸질러 버리세요. 압니까? 그러면 철이 좀 들지?」

그러나 사다리를 버린다(去梯)커니, 통발을 잊는다(忘筌)커니, 문자에 집착하지 않는다(不立文字)커니 하는 거 아무나 지망지망히 시늉할 것이 아닙니다. 사다리는 누각에 오른 연후에야 버리는 것(登樓去梯), 통발은 물고기를 잡은 연후에 잊는 것(得魚忘筌)입니다. 자기 근기(根氣)는 요량도 못하는 채 뭘 불싸지르고 뭘 버리는 거 좋아하면 가을에 거둘 것이 적어집니다. 맥도 모르고 침통 흔들 것이 아니라 모두 배우는 일에 겸손해졌으면 합니다. 옛 선사 한 분의 말씀이 들어둘 만합니다.

「언필칭 '불립문자' 라고 하나 문자도 방편(方便)될 것이면 가히 길동무 삼을 만한 것이니라(그러니 까불지 말거라).」

취중에 술을 거르다

나는 도로교통법을 필두로, 법이라는 법은 곧이곧대로 지키는 주의입니다.

자식들에게도 그렇게 하도록 늘 당부하기를 게을리하지 않기도 하고요. 그러나 이 기회에 자수하거니와, 나는 국내에 있을 동안 나라의 법을 여러 차례 어긴 이력이 있습니다. 귀국해도 앞으로는 그러지 않을 결심인바, 내가 어긴 법이 나에게 소급적용되는 사태는 일어나지 않았으면 참 좋겠습니다. 내가 여러 차례 범법한 것이 무엇이냐 하면, 서울의 경동시장 같은 데서 누룩을 사다가 살그머니 밀주를 담아 친구들 불러다 먹은 것이 그것입니다. 나는 그때, 가양주(家釀酒)를 규제할 것이 아니라 누룩에다 세금을 매기자는 궤변을 방패삼아, 20년 전 결혼식 잔치까지도, 손수 담은 술로 치렀으니 간이 배 밖으로 나왔던 게지요.

꽤 이름 있는 한국 회사가 두꺼운 비닐 봉지에 포장해서 파는 것으로 보아 합법적으로 수입한 것임에 분명한 누룩 가루가 미국에서는 합법적으로 거래됩니다. 서울에서는 경동시장 같은 데를 돌아다니면서 무슨 마약이라도 사는 것처럼, 아주머니, 그거 있어요, 하고는 했는데, 미국에서는 한국인이 경영하는 식료품 가게에서 당당하게 사가지고 나올 수 있습니다. 물론 여러 차례 찹쌀술을 담아 먹었지요. 내가 머물고 있는 학교에는 내가 만든 술맛을 본 사람들이 많습니다. 한국인은 물론이고 미국인도 있고 독일인도 있고 일본인도 있습니다. 맥주 손수 만들어 마시는 것으로 취미생활을 삼는 한 독일인 화학자에게는, 찹쌀 막걸리 담는 과정을 실연하면서 특강까지 한 적이 있습니다.

내가 머물고 있는 미시간 주의 경우 집에서 술을 담아먹는 것 자체는 위법이 아닙니다. 실제로 상당수에 달하는 사람들이 맥주를 담아 먹고 있기도 합니다. 두어 차례 얻어 마셔보았는데, 가양 맥주는 상업화한 맥주같이 맛이 산뜻하지 못하고, 구수한 맛이 돈다는 것이 다를 뿐, 우리나라의 탕약과 비슷하더군요. 적은 양을 담아먹는 것은 위법이 아닙니다만 가양주의 양이 2백 갤런(4백 말)이 넘거나, 증류장치를 이용해서 가양한 술을 증류하면 그때부터는 위법이 됩니다. 그러니까 찹쌀 막걸리를 담아 먹는 것은 위법이 아니지만, 이걸로 소주를 내리면 그때부터는 위법이 되지요. 그래서 소주까지는 욕심을 내지 않으려고 합니다. 물론 방법이야 알고 있지만요.

쓸쓸한 시행착오의 경험도 있습니다. 제조 과정의 시행착오가 아닙니

다. 제조 공정에 관한 한, 풍부한 경험의 소유자이니만
치 한 치의 오차도 있을 수 없지요. 4년 전에는 동동주를
한 항아리 떠놓고 유학생들을 대여섯 불렀지요. 나는 침
을 튀기며 생색을 내었고 유학생들은, 술은 역시 막걸리
야, 어쩌고 하면서 코를 박고 마시는 시늉들을 하더군
요. 그러나 술이 몇 순배 돌고, 좌중이 진실 말하기와 버
르장머리 없어지기를 혼동할 때쯤 되니 한 유학생이 내
게 이러는 것입니다.

「맥주는 없습니까? 귀한 술은 두고두고 혼자 드시고요.」
그제서야 나는 10여 년째 유학생활을 하고 있는 30대 후
반의 그 유학생들이 막걸리를 체험한 세대가 아니라는
것을 알았습니다.

그 뒤에는 50대 교포들을 모셔다가 함께 마신 적이 있습
니다만, 그분들 대부분이 그 다음날 설사로 고역을 치렀
다는 말을 들어야 했으니, 그 자리 역시 참담한 실패로
끝나고 만 셈입니다. 설사의 까닭은, 막걸리를 소화하려
면 소화에 필요한 효소가 있어야 하는데, 2, 30년씩 막걸
리를 마셔보지 못한 교포들은 더 이상 그 효소를 몸 속에
지니고 있지 않기 때문이랍니다. 우유 안 마시던 사람이
우유를 마시면 설사하는 것과 같은 것이지요.

내게는 밤일이 끝난 새벽에 술을 가볍게(!) 한 잔 마시고
책을 읽다가 잠드는 버릇이 있습니다. 찹쌀술 한 잔 마시

고 잠을 청하는데, 혀끝에 남은 쌉쌀한 맛과 입술에 남은 진국의 진기(眞氣)가 기이한 그리움을 불러일으키면서 온몸을 근지럽게 하는 것입니다. 한 잔 더 마시자면 걸러야 하는데, 취중에 술을 거른 것이 화근입니다. 아내의 새 스타킹 한 짝을 살며시 들고 내려와 술을 거르는데, 한 잔만 거르면 될 것을, 깡그리 걸러놓으려 하다가 스타킹이 터지고, 스타킹 터지는 데 놀라는 바람에 기왕에 걸러놓은 술 항아리까지 엎지르고 말았습니다. 난장판이 되고 말았지요. 가족들 몰래 식당 바닥을 닦는데 어쩌면 그렇게 닦아도 닦아도 끈적거릴 수 있는지요. 무릎 꿇은 채 걸레질하고 있으려니 살아온 세월이 자꾸만 돌아다 보이더군요.

취중에는 술을 거르지 말아야 하는 것을요.

까악거리고 싶을 때마다

혜자(惠子)라고도 불리던 혜시(惠施)는 장자(莊子)의 좋은 적수였던 모양입니다. 『장자』에는 장자와 혜시가 한 문제를 두고 입씨름을 벌이는 이야기가 자주 등장합니다. 번번이 장자가 혜시를 곯려먹은 식이기는 하지만요. 곯려먹기는 해도 장자 역시 혜시를 지기(知己)로 여겼답니다. 혜시가 죽은 뒤에도 장자는 그를 많이 그리워하면서, 혜시가 죽으니 나의 호적수도 죽었다, 고 한탄합니다.

생전에 혜시가, 어찌어찌해서 양나라의 재상 자리를 터억 차지하고 있을 때의 일입니다. 장자가 양나라를 지나다가 옛친구 혜시를 한번 만나보고 싶어서 그 수도로 들어가지요. 그런데 한 아첨꾼이 혜시를 찾아가 이렇게 말합니다.

「장자라는 분이 찾아왔다는데요, 왜 왔겠습니까? 필시 그 세 치 혀를 놀려 재상 어른을 내쫓고 그 자리를 차지하려는 것이겠지요.」

귀 얇은 혜시는 그 말을 듣고는 사흘 밤을 전전긍긍합니다. 도무지 장자 같은 걸물을 이겨먹을 자신이 없었던 거지요. 그런데 사흘째 되는 날 장자가 불쑥 혜시 앞에 나타나 이런 말을 합니다.

「자네, 남쪽 나라에 봉황이라는 새가 살고 있다는데 들어본 적이 있나?」

「들은 적은 있소.」

「이 새는 어찌나 도도한지 벽오동 아니면 앉지도 않고, 대나무 열매 아니면 먹지도 않고, 감로의 샘물이 아니면 마시지도 않는다고 하네.」

「대단한 새로군요.」

「그런데 말일세, 까마귀 한 마리가 썩은 쥐 한 마리를 주워 이걸 먹으려고 하다가 머리 위를 날아가는 봉황을 보았네. 까마귀는 봉황이 썩은 쥐를 빼앗으러 온 줄 알고는, '까악', 하고 울었네.」

「그랬소?」

「자네 지금, 까악, 하고 싶은 거지?」

「……」

예수 그리스도의 책형(磔刑) 뒤에는 고소인에 해당하는 제사장 가야파와 재판관에 해당하는 유대 주재 로마의 총독 본디오 빌라도가 있습니다. 가야파, 이자를 한번 집중적으로 씹어볼까요?

유대 역사가 요세푸스에 따르면, 고소인에 해당하는 대사제 가야파가 예수를 밉게 보기 비롯한 것은 예수가 성전 앞 환전상들의 환전대를 둘러엎고부텁니다. 예수의 영향력이 '산헤드린'이라고 불리던 저희들 공의회(公議會)에 위협적인 존재로 비친 것은 그 뒤의 일입니다. 가야파의 전임 대사제는 가야파 자신의 장인인 안나스입니다. 그러니까 대사제직은 대물림이 된 것이지요. 이것이 당시의 관례였던 모양입니다만 안나스의 사위 가야파는 물론이고 그 뒤로 아들 다섯에 손자 마티아

스까지 대사제직을 승계했으니 완벽한 세습 왕조였던 셈입니다.

가야파에게 당시 성전은 대단한 수익 사업체였던 모양입니다. 성전 앞에서 거래되는 번제물과 제사용품 수익, 환전상들로부터 거두어들이는 세금은 대단한 수입원이 되었던 것이지요. 그런데 예수가 예루살렘을 얼쩡거리면서 수익 사업체를 둘러엎으려 했으니 얼마나 불안했을까요. 예수가 둘러엎은 환전상의 좌판이 당시에는 '안나스의 좌판(坐板)'으로 불리고 있었다는군요. 기소당하고 수모당할 당시, 예수가 유머러스한 분이었다면 다음과 같은 말로 가야파를 긁어먹었을 텐데요.

「자네도 혜시처럼, 까악, 하고 싶은 거지?」

장자는, 붓대롱으로 하늘을 보고 그것을 하늘로 아는 좁은 시야를 '붓대롱 시각(管見)'이라고 했답니다. 혜시의 '관견'에는 귀여운 구석이나 있지요. 가야파의 관견은 인류의 가슴에 상처를 입힙니다. 그 상처의 경험이 결국은 위대한 영광의 경험이 되기는 하지만, 그랬다고 해서 가야파의 머리를 쓰다듬을 수는 없는 거지요.

유심히 주위를 한번 살펴보세요. 우리들 주위에 까악거리는 사람이 얼마나 많은지요. 아니, 주위를 살펴볼 것도 없네요.

혜시와 가야파…… 까악거리고 싶을 때마다 떠올려볼 만한 두 인물입니다.

완물상지

많은 사람들이 무엇인가를 끊임없이 수집하고는 하지요? 내게도 그런 친구들이 많이 있습니다. 우표, 성냥, 수석, 도자기, 벼루 같은 걸 수집하는 사람들도 있었지요. 그중에서 수석 수집이 취미인 친구는, 강가에서 우연히 발견한 어떤 수석 한 점을 1천만 원에 팔았다고 술을 사기도 했습니다.

수집가들에게 포위당하면, 나도 평생 뭘 하나 수집해 보아야겠다는 어줍지 못한 생각을 합니다만, 곧 포기해 버리고는 하지요. 부지런하지 못하기 때문일 것입니다만 내게는 사실 다른 이유가 있었어요.

미국에서도 사람들이 뭘 수집하는 걸 좋아하기는 마찬가지군요. 미국의 한국인 중에는 영화 포스터를 수집하는 사람, 카메라를 수집하는 사람도 있습니다.

한 한국인이 숟가락을 수집하고 있는 걸 보고, 어릴 때 얼마나 굶었으면 숟가락을 수집할까…… 하고 농담해준 적도 있습니다. 미국인 중에는 자동차 수집광이 많더군요. 집터가 넓어서 수십 대씩 수집해서 세워두고 틈 날 때마다 닦고 조이고 기름치고 해서 시내로 몰고 나오는 사람도 있습니다. 비행기를 수집하는 사람도 있다는 이야기도 있습니다만 아직 만나보지는 못했습니다.

그런데 『장자(莊子)』를 보면 이런 이야기가 나옵니다. 소문(昭文)이라는 가야금의 명인이 있었는데, 이 양반은 당대의 최고 연주가이면서도 어느 해 한 깨달음을 얻고부터는 가야금을 타지 않더랍니다. 무슨 깨달음인가 하면, 가야금을 타고 있을 때는 한 소리에만 정신을 쓰기 때문에 자연의 온갖 소리가 귀에 들어오지 않지만 가야금을 놓고 있으면 오음(五音)이 고루 귀에 들린다는 깨달음입니다.
그래서 도연명 같은 분은 줄 없는 가야금(無弦琴)을 즐겼던 것일까요? 하지만 무현금도 가야금은 가야금이니 품격으로 치면 도연명은 소문(昭文)만은 못한 것 같군요.

무엇을 많이 가진 사람들, 가진 것을 많이 사랑하는 사람들에 둘러싸이면 거 참 외로워지지요? 특히 내가 많이 가지지 못했을 때, 그래서 가진 것을 사랑할 수 없을 때 더욱 그렇지요? 그러나 전혀 외로워질 필요가 없답니다. 사물에 대한 지나친 애정은 오히려 그 사람의 큰 뜻을 상하게 할 수 있답니다. 한문으로는 완물상지 (玩物喪志)라고 하지요.

미국에 있는 한국인들은 자동차를 참 비싼 것으로 탑니다. 그런데 그런 한국인들의 모임에 태연하게, 2백 달러짜리라면서 다 썩은 트럭을 몰고 나오는 한 유명한 한국인 교수가 있습니다.

그분이 다 썩은 트럭을 타고 다니는 이유가 들어둘 만합니다. 「번쩍거리는 차를 몰고 다니면 신경이 쓰여서 공부가 안 된다」는 겁니다. 사실, 그 교수보다 공부를 더 많이 한 한국인 교수를 나는 본 적이 없습니다.

열두 살배기의 통일론

내 딸은 1991년 열한 살 때 나와 함께 미국으로 왔습니다. 내 딸은 또래의 한국 아이들이 대개 그렇듯이 영어를 많이 공부하지 못한 채로 왔습니다. 나는 미국의 중학교에 들어간 딸이 한동안 힘든 생활을 했을 것으로 짐작합니다. 동무들의 언어와 생김새가 달라 심한 소외감을 느꼈을 것이기 때문입니다.

미국의 중학교에 입학한 지 한 주일이 못 되어 내 딸은 밝은 얼굴을 하고 돌아와 나에게 베이징에서 온 중국 아이를 친구로 사귀게 되었노라고 했습니다.

나는 그것을 반갑게 여겼지요. 상대가 중국 아이라면 언어 소통은 여전히 자유롭지 않다고 하더라도 적어도 생김새만은 비슷해서 약간의 동질감을 느낄 것으로 판단했기 때문입니다. 영어를 익히고 있던 그 즈음은 내 딸에게나 중국 소녀에게나 참으로 어렵던 시절이었을 것입니다.

집에서 중국 소녀 얘기를 자주 하던 딸아이가 하루는 나에게, 그 애의 할아버지가 한국전쟁 때 우리를 도와주다가 전사했다는데, 우리가 그때 중국군의 도움을 받았느냐고 물었습니다.

나는 웃는 것으로 대답을 대신했습니다. 한국 전사(戰史)를 잘 알 리 없는 딸에게 진상을 설명해 주기에는 때가 이른 것으로 판단했기 때문이었습니다. 나는 한국전쟁 이야기 대신 우리 문화가 중국 문화와 얼마나 가까운

지 설명해 주었습니다. 한국전의 실상을 알면 딸이 중국 소녀에게 편견을 가질까 두려웠기 때문이었습니다.

일 년쯤 지났을 때 두 소녀는 아주 단짝 친구가 되어 있었습니다.
그때에 이르러서야 나는 비로소 딸에게 물어보았습니다.
「그 애의 할아버지가 우리의 적이었어도 너와 그 애 사이는 변함없겠니?」
딸은,「이제 우리는 단짝 친구가 되었으므로 어떤 것도 자기와 그 애를 갈라놓을 수 없다」고 대답했습니다.
나는 그제서야 딸에게 한국전쟁 이야기를 들려주었습니다.
「한국전이 우리와 미국, 북한과 중공의 편싸움이 되었다는 것은 너도 알 게다. 그런데 중공은 지금의 중국이다. 베이징에서 왔다는 네 친구의 할아버지는 중공의 의용군이었을 것이므로 우리의 적이었던 셈이다. 내 숙부 한 분도 사실은 중공군과의 싸움에서 전사했는데 어쩌면 네 친구 할아버지들과 싸우다 전사했는지도 모른다.」
그런데 그 뒤 내가 보기에 참으로 반가운 일이 벌어졌습니다. 두 아이의 사이가 벌어지기는커녕 그 이전보다 더 가까워진 것입니다. 불행했던 두 나라의 역사가 한국 아이와 중국 아이의, 어렵던 시절의 가슴을 터놓은 만남을 조금도 방해하지 못했다는 사실이 나에게 기분 좋은 놀라움을 안겨주었습니다.

루거를 불태우지 맙시다

미국 어느 대학 도시 쇼핑센터에다 겪은 일입니다.

물건 값 셈하려고 계산대 앞에 서자 아르바이트하는 남자 계원이 이러는 겁니다.

「오하요우 고자이마쓰?」

아니다, 인마…… 나는 고개를 가로저었어요.

「니하오마?」

그것도 아니다, 인마…… 나는 또 고개를 가로저었습니다. 그제서야 계원이 제대로 인사합니다.

「안녕하섭니카?」

나는 그제서야 웃으면서 고개를 끄덕였습니다. 계원은 고개를 절레절레 흔들면서, 한국인, 중국인, 일본인을 구분하기가 참 어렵다고 말했습니다.

나는 그에게, 어떻게 여러 나라 인사법을 그렇게 잘 알고 있느냐고 물었습니다.

「고객에게 친근감을 주려고 여러 나라 인사법을 배워요. 나는 15개 국어 인사말을 아는데, 문제는, 고객의 국적을 알아내기가 쉽지 않다는 거예요.」

계산을 끝마치고 계산대를 나오는데 계원이 내게 작별 인사를 했습니다.

「끄녀……」

'끄녀'가 무슨 말일까 싶어서 물어보았어요.

「'안녕'이라는 말 아닌가요?」

나는 그 말, 어디에서 배웠느냐고 물어보았지요.

「기숙사 한국인들은 작별 인사할 때 꼭 그러데요. '끄녀' 하고요……」

「에이, 전화할 때만 그렇지……」

돌아서서 웃었습니다. 언어의 세계에서 단어의 의미 전이(轉移)는 이렇듯이 변화무쌍한데 이것이 번역가를 얼마나 괴롭히는지…… 말이라는 것이 그렇습니다.

사전을 열면 말의 역사가 보입니다. 그런데도 번역가는 사전 안 펴고, 어물쩍 넘어가고 싶다는 유혹과 하룻밤에도 수십 번씩 싸워야 합니다. '제록스'와 '샴프'는 상표명이 '복사하다', '머리감다'는 의미의 일반 동사로 바뀐 대표적인 영어에 속합니다. 사전을 열어야 그렇게 바뀐 속사정을 알 수 있습니다. '호치키스'는 원래 기관총 상표명입니다. 전쟁 끝나 기관총 잘 안 팔리니까 그 기관총 탄창에 총알 쟁여넣는 기술을 원용해서 만든 것이 우리가 아는 호치키스인 것입니다.

나는 남의 오역(誤譯)을 지적하고 그걸 씹는 것을 별로 안 좋아합니다. 그것만 모으면 포복절도할 읽을거리가 되겠지만 않지요. 번역가에게 오역은 숙명입니다. 내 눈에 들보가 들어 있는 판에 남의 손톱 밑 가시 걱정이라니 당치 않지요. 그러나 번역하는 사람이 사전 안 찾고 얼렁뚱땅 넘어가는 버릇은 반드시 고쳐야 한다는 뜻에서 하나만 소개합니다. 나는 십수 년 전 어떤 소설 한국어 번역판에서 "그는 자기의 루거를 불태웠다"는 문장을 읽고는 웃었습니다. 원문을 확인할 것도 없이 'He fired his Luger' 일 것이라고 짐작했기 때문입니다. '루거'는 독일제 9밀리 권총의 상표명입니다. 따라서 그 문장의 정확한 번역은 '그는 권총을 쏘았다' 가 맞습니다.

그러나 사전을 너무 믿으면 안 되지요. 까닭을 다 쓰려면 따로 책 한 권이 실히 되겠지만 아주 간단하게만 설명하면 이렇습니다. 사전은 길라잡이에 지나지 않습니다. 거기에 실려 있는 말은 화석화(化石化)한 개념에 지나지 않습니다. 감옥의 언어에 지나지 않습니다. 펄펄 살아있는 말이 아닙니다. 시장의 언어가 아닙니다. 따라서 사전의 말을 좇아 번역해 놓으면 죽은 문장이 되어버리지요. 얼마나 죽는지 예를 들어볼까요?

「This confirms the authenticity and antiquity of myth (이것이 신화의 확실성과 고유성을 확증한다).」

흔히 대할 수 있는 번역입니다. 사전을 펼쳐놓고는 이렇게밖에는 번역할 수 없습니다. 나는 우리나라의 많은 책들이 이런 역문으로 이루어져 있는 것을 통탄합니다. 일본의 고약한 본을 본 증거인 것이지요. '확실성과 고유성을 확증' 한다니 그럴듯하게 들리기는 합니다. 그러나 다음과 같은 진짜 의미는 전해지지 않지요.

「이것만 보아도 신화가 얼마나 우리 삶에 닿아 있는 것, 오래된 것인지 알 수 있다.」

에이, 어디 신화만 그런가요?

번역도 그런 걸요.

기타하라 부인

갓 시집간 질녀와 내가 나눈 대화입니다.

「네 신랑 술담배 않는다며?」

「안 해요, 숙부님.」

「교 믿냐?」

「……게 아니고요…… 원래 골초에다 말술이었는데 결혼하면서 끊었어요. 맺고 끊는 데가 어찌나 분명한지…… 강단이 어찌나 대단한지 찬바람이 불어요.」

「자랑스러우냐?」

「우유부단한 것에 견주면요……」

「좋을 것 없다. 네 신랑이 너를 구박하게 되는 경우를 상상해 보아라. 인연을 끊되 술담배 끊듯이 그럴 경우를 생각해 보아라. 좋을 것 없다.」

「그래도 술담배 하나 못 끊고 질질 끄는 것보다는 낫잖아요?」

「나는 중국인 린유탕(林語堂)이 좋다. 담배 끊지 못하는 사람에게 린유탕이 하는 유명한 농담이 있다.」

「뭔데요?」

「"그것도 못 끊냐? 나는 쉰 번도 더 끊었다……"」

미국에는 애연가 설 땅이 없습니다. 유난히 애연가 구박이 심한 우리 마을에 한 일본인 골초 교환교수가 왔습니다. 그는 금연을 무수히 결심하는데도 불구하고 번번이 실패하고 마는 골초, 그래서 우유부단한 것을 스스로 한심하게 여기어 마지않는 귀여운 약골입니다. 천연기념물 못지않게 희귀해진 애연가 동무를 더 이상은 잃고 싶지 않아서 나는 허튼 결심 못하게 그를 꼬드깁니다.

「기타하라 후미오 씨, 당신 사사키 류우마라는 사람 알지요?」

「소설 『류우마(龍馬)는 간다』의 주인공인 그 류우마 말인가요?」

「그 사람, 골초였대요.」

「그랬나요?」

「기타하라 씨, 담배 피운다고 아내가 바가지를 긁자 류우마가 뭐라고 응수했는지 알아요?」

「뭐라고 했는데요?」

「"사나이에게는 담배라도 피우고 있지 않으면 안 되는

순간이 있는 법"이라고 했어요. 그 말 한 마디에 류우마의 아내는 끽소리도 못하지요.」

「와, 멋있다. 써먹어야지……」

「나도 이 류우마의 한마디를 끽연의 면죄부로 삼기로 하고 실제로 써먹기도 한답니다. 신칸센(新幹線) 타고 가다가 본 담배 광고 문안도 내가 잘 써먹는 것 중의 하나죠.」

「뭔데요?」

「"다바코와 고코로노 니찌요비(담배는 마음의 일요일)"……」

「와, 그런 게 내 눈에는 왜 안 보였을까요? 내게도 이제 근사한 핑계가 생겼어요. 양심의 가책 같은 거, 열등감 같은 거, 안 느껴도 되겠어요. 담배 안 끊어도 되겠어요……」

내게는 어떤 결심이나 결정 같은 것이 갑자기 지어내는, 심적으로 새삼스러운 정조 상태를 안 좋아하는 기질이 있습니다. 그래서, 너무 많이 피운다고 생각한 적이 있을 뿐, 지난 30년 동안 담배 끊겠다고 결심해본 적은 단 한번도 없습니다.

술 역시, 줄여야지 줄여야지 해왔을 뿐, 끊어야지 한 적은 한번도 없습니다. 피우고 마시다가 딱 끊긴, 새삼스러운, 따라서 부자연스러운 상태를 안 좋아하기 때문입니다. 물론 이것은, 담배를 계속해서 피우는 것이 자연스러운 상태라는 가정을 전제로 하는 것이지요.

그런데 최근 들어서, 과연 어느 것이 자연스럽고 어느 것이 부자연스러우냐, 이런 질문을 나 자신에게 던지게 됩니다. 담배를 계속 피우고 있는 것이 과연 자연스러운 것이냐…… 담배를 피우게 되었다는 것 자체부터가 부자연스러운 것이 아니냐……

지난 연말 서울에서 동경을 경유, 디트로이트까지 15시간을 비행하면서 계속 이 생각을 했습니다. 그러고는 디트로이트의 메트로폴리탄 비행장에 내리고 나서야 나는 15시간 동안 무려 스물다섯 개비를 태웠다는 것을 알았습니다.

1월 6일 오후 세시부터 문득 담배를 피우지 않기로 합니다. 담배를 끊는 최선의 방법은…… 담배를 피우지 않는 것이다…… 그래서 피우지 않기로 합니다. 하지만, 과연…… 힘이 좀 드는군요.

힘이 좀 들기는 합니다만 나는 이 담배 끊기에 성공할 것입니다. 기타하라 후미오 씨의 부인이 한 말 한마디가 내게는 큰 힘이 되는 동시에 짐이 되고 있습니다. 기타하라 후미오 씨의 부인은 두어 달 전 남편 듣는 데서 이런 말을 한 적이 있답니다.

「우리 후미오 상은 못 끊어요. 하지만 이 선생은, 결심 안 해서 그렇지 했다 하면 소리없이 끊어버릴 것으로 저는 믿어요……」

나는 그때, 나는 그런 인간이 아닌데요, 아닌데요, 하면서도 기타하라 부인에게 뭔가를 보여줄 결심을 했던 모양입니다. 담뱃갑에 손이 갈 때마다 그 부인의 얼굴이 어른거리고는 합니다. 기타하라 부인을 실망시키지 않기가 어째 이렇게 힘이 드는지요.

알레그로 마 논 트로포

나는 일본 문화 아는 척하는 짓거리가 우리 한국의 문화환경에 대단히 부적당하다는 것을 잘 알면서도 불과 몇 주일 전 바로 이 칼럼에서, 지금은 작고한 일본의 유행가 여가수 미소라 히바리 얘기를 한 적이 있습니다. 그가 부른, 유랑극단 춤꾼 소녀의 비애를 그린 가요의 노래말 일부와 함께요. 제목이 〈에찌고지시(越後獅子)의 노래〉인 문제의 가요는 미소라 히바리의 음반에는 약방 감초처럼 끼리만치 유명한 노랩니다. 일본의 콜롬비아 회사가 70년대에 제작한 〈특선집 미소라 히바리〉라는 제목의 음반에도 물론 들어 있습니다. 사랑의 불가사의한 힘을 노래한 「아이산산(愛燦燦)」을 타이틀 곡으로 하는 이 음반에는 모두 20곡의 노래가 실려 있습니다.

연전에 〈룰라〉라는 댄싱 그룹이 일본 노래 「오마쓰리 닌자」를 표절해서 말썽이 된 적이 있지요. 사실 이 「오마쓰리 닌자」라는 노래는, 미소라 히바리가 아주 옛날에 부른 「오마쓰리 맘보」를, 요즘 말로 '리메이크' 한 것입니다. '오마쓰리' 는 '축제' 라는 뜻인데, 「오마쓰리 맘보」는, 집에 불이 난 줄도 모르고 축제에 정신이 팔려 있는 축제광(祝祭狂) 아저씨와, 집에 도둑 든 줄도 모르고 축제판에 흠뻑 빠져 있는 아주머니의 모습을 코믹하게 그려낸 아주 경쾌한 노랩니다. 이 「오마쓰리 맘보」 역시 「아이산산」을 타이틀 곡으로 하는 〈특선집 미소라 히바리〉에 실려 있습니다. 일본인 중에는 모르는 사람이 거의 없다시피한 노랩니다. 표절이나 모방…… 해서는 안 되는 것이지만 할 수도 있습니다. 그러나 우리를 슬프게 하는 것은 너무나도 유명한 작품에 대한, 그 방

면 전문가여야 할 가수들의 무지입니다. 정책 탓도 없지
않지요.

한동안 우리나라에서 유행하던 또 한 가요의 전주곡을 듣
다가 나는 깜짝 놀라고 말았습니다. 왜 놀랐는가 하면,
그 가요 전주곡이 문제의 노래「오마쓰리 맘보」의 전주곡
을 연상시켰기 때문입니다. 그럴 기회가 베풀어져 많은
사람들이 들어서 확인할 수 있게 되었으면 좋겠습니다만
너무 똑같아서 번안곡인 줄 알았을 정돕니다. 그러나 전
주곡 들을 때의 놀라움은, 그 가요 제목 듣고 놀란 것에
견주면 아무것도 아닙니다.
그 가요 제목이「찬찬찬」이라는 겁니다. 콜롬비아 레코
드가 낸 문제의 특선집 타이틀 곡목「아이산산(愛燦燦)」
이 떠오르지 않을 수 없는 거지요. 우연의 일치였으면 좋
겠지만, 전주곡은「오마쓰리 맘보」를, 제목은「아이산
산」을 상기시키는 이「찬찬찬」이라는 가요는 내 마음을
매우 착잡하게 합니다.

「아이산산」이라는 일본 가요의 노래말은 한번 읊을 만합
니다.
이 노래 1절은 ‘아메산산도(비는 주룩주룩)……’, 2절은
‘가제산산도(바람은 살랑살랑)……’, 3절은 ‘아이산산

도(사랑은 찬연히)……' 라는 말로 각각 시작됩니다. 따라서 '산산' 이라는 말은 세 차례에 걸쳐 각기 다른 의미로 쓰이면서 노래에다 대단히 시적인 운율을 부여합니다. 따라서 '산산(燦燦)' 은 장단이나 맞추자고 무의미하게 지르는 소리가 아닙니다. 나쁘게 말하자면 절묘한 말장난 같은 것, 좋게 말하자면 소리가 같되 뜻이 다른 의태어 운용의 극치 같은 것이지요.

우리 가요 「찬찬찬」의 우리 모국어 '찬찬찬' 은 무엇을 시늉한 말이지요…… 만일에 술잔 부딪치는 소리를 시늉한 의성어라면, 작사가에게는 송구한 말이지만, 우리는 우리 모국어에 더할 나위 없이 송구한 허물을 짓는 셈이 됩니다. 나는 내가 받은 인상이 잘못된 것이기를 바랍니다.

뿌리 깊지 못한 꽃이 흐드러지고, 샘이 깊지 못한 물이 굽이칩니다. 이 시대의 많은 분야 종사자들은, 기본기도 되어 있지 않은 주제에, 상대가 누구인지도 모르는 주제에, 콜로세움으로 나가고 싶어 안달을 부리는 검투사들을 떠올리게 합니다.

우리 너무 서둡니다.

알레그로 마 논 트로포…… 알레그로 마 논 트로포(빠르되 지나치지 않게)……「찬찬찬」에 돌을 던질 때조차도.

큰 대학 작은 대학

내게는 가까이 사귀어 모시는 스님이 몇 분 있습니다. 처하는 입장이 승속(僧俗)으로 다르고 머무는 곳이 산야(山野)로 달라서 그분들을 나는 '친구들'이라고 부르지 못합니다. 그분들 쪽에서는 나를 '도반(道伴)'이라고 한껏 올려서 불러주는데, 나는 이 말이 참 좋습니다. 도반이라면 길동무 아닙니까? 하지만 내 쪽에서는 그들을 분명히 길동무라고 인식하는데도 불구하고 '도반'이라고 부르지 못합니다. 길동무라는 호칭이 이물 없습니다.

그런 스님 가운데 한 분 뵈러 전라남도 있는 어느 큰 절에 갔을 때의 얘깁니다. 나를 도반이라고 부르는 내 길동무 스님이, 출가한 지 30년이나 된다는, 환갑 저만치 넘겼음직한 주지 스님을 소개하는데, 어떻게 소개하는고 하니 이렇게 소개하는 겁니다.

「인사 드리게. '아무개 대학교' 국문과 나오신 '아무개' 주지 스님이시

라네……」

소개받고는 엉겁결에 인사를 드리기는 했지만, 도대체 무슨 소갯말이 이 모양인가 싶을 수밖에요. 그래서 돌아서면서 그 길동무 스님에게 가만히 대들었습니다. 법랍 30년 되신 스님 소개하면서까지 출신 대학을 들먹거리다니, 사람이 부주의해도 분수가 있지…… 하면서요. 그랬더니, 길동무 스님이 주지 스님 귀에 들리도록 쩌렁쩌렁한 소리로 이러는 겁니다.

「그러게 말이여. 공부가 깊어서 혼자 벌써 하나의 대학을 자칭해도 될 판인데…… 어찌된 셈인지 이날 이때까지 아무개 대학 국문과 나온 경계를 못 벗어난다니께. 그래서 이렇게 놀려먹는데도 영감이 못 알아먹어. 뭔 병인가 모르겠네……」

노스님의 병이 무슨 병인지 모르는 나의 길동무 스님, 대학과는 인연이 없는 실팍한 독행자(獨行者)입니다. 그러니 아무개 대학 국문과 나왔습니다 하고 말할 때 그 말이 준다는, 더할 나위 없이 부드럽다는 그 느낌을 알 리 없지요. 하지만 받들어 모시는 대찰 주지 스님을 태연자약하게 놀려먹을 수 있는 내 길동무 스님의 세계 또한 만만한 것이 아니지요.

그에게는, 이 세상에는 큰 배움터가 있을 뿐, 우리가 더

불어 알고 있는 의미의 대학이라는 것은 존재하지 않습니다. 그래서 그런지 그 앞에 앉으면 일거수일투족이 나 같은 속인에게는 벌써 깊고 아득한 하나의 세계로 보입니다. 말하자면 그 스님이라는 존재 자체가 한동안 파묻혀서 배우고 싶은, 대학 같은 존재로 보이는 것입니다.

대학이 늘어나면서 수많은 야인들이 대학교수직을 찾아 들어가기 시작할 즈음, 동경대학 석사에다 하버드 대학 박사 출신의 한 으리번쩍하는 명문 대학교수가 교수직 때려치우고 한 지방대학 한의학과에 들어갔다 나오는 사건이 있었지요.

그때 내 길동무 스님은 이런 말을 했답니다.

「저 물건은 숲속에서 살 나무가 아니라 장차 지 혼자서 숲 노릇을 할 나무여. 저 물건은 대학에서 교수 노릇을 할 위인이 아니라 장차 지 혼자서 대학 노릇을 할 위인이여.」

프랑스 작가 쥘르 르나르의 소설 「홍당무」에 나오는 한 대목을 나는 자주 떠올립니다. 별명이 '홍당무'인 말썽꾸러기가 기숙학교에서 고향의 아버지에게 편지를 보내는데, 볼테르와 루소의 책 갖고 싶다는 말썽꾸러기 아들의 편지에 아버지 르픽 씨가 보내는 답장이 걸작입니다.

「사랑하는 아들아. 네가 말한 그 책의 저자들 또한 우리와 다름없는 인간일진대, 너라고 해서 그들과 같은 것을 쓰지 못하라는 법은 없을 터. 그러니 네가 써보아라. 연후에 그걸 읽으면 가(可)하니라.」

르픽 씨 같으면 이런 말도 능히 할 수 있을 것 같네요.

「시험에 실패했다고 절망하지 말아라. 대학을 만들고 학생을 뽑고 공부를 시키는 자들 역시 인간일진대, 너라고 해서 못하라는 법은 없을 터. 그러니 네가 대학이 되면 되느니라.」

이 계절을 유난히 힘들어하는 이들에게 보내는 위로입니다. 겨울을 방 안에서 보낸 알뿌리는 봄에 꽃을 피워내지 못하지요. 미당 서정주는, "나를 키운 것은 8할이 바람"이라고 했답니다. '바람'이 무엇이겠어요? '끼' 같기도 하고 '풍상(風霜)' 같기도 하네요. 고통의 커리큘럼 같지 않은가요? 이제 내 눈에는 미당 자체가 거대한 학교로 보입니다. 국문학개론 같은 것을 가르치지 않을 뿐, 이 세상에는 크고 작은 무수한 대학이 있답니다.

자유로부터의 자유

조주 종심스님 얘기에 이런 것이 있지요.
공부하는 어떤 스님과 조주 스님 사이를 오가는 짧은 대화.
「큰 스님, 저의 마음에는 실오라기 하나 걸친 것이 없습니다.」
「뭐가 없다고?」
「실오라기 하나도 걸친 것이 없다고요.」
「굉장한 걸 걸치고 있구나.」

이런 얘기도 있지요.
「큰 스님, 공부를 어떻게 하면 좋을지요?」
「놓아라.」
「든 것이 없는데 뭘 놓아요?」
「그러면 들고 있거라.」

깊은 뜻 아는 것이 아닌데도 나는 이 짧은 대화를 무지 좋아합니다.

깔깔깔깔……

조주 스님은 웃어도 꼭 이렇게 웃었을 것 같습니다.

내가 머물고 있는 대학촌에는 임 박사라고 하는, 굉장히 유명한 한국인 도시계획학자가 있는데요, 영향력과 구심력을 겸비한 터이라 이분 댁은 이런저런 일로 많은 한국인들의 모임터가 되고는 합니다. 이분 댁에서 벌어지는 술자리에는 나도 자주 낍니다만, 사실 내게는 불편한 게 한 가지 있었(!)습니다. 담배입니다. 좌상(座上)인 집주인이 담배를 피우지 않는데, 내가 담배를 뻑뻑 피울 수는 없는 노릇이지요. 그래서 나는 한 시간에 한두 번쯤은 살며시 밖으로 나와 담배를 피우고는 했습니다. 하지만 겨울철에는 그게 쉽지 않습니다. 내가 머무는 곳은 겨울 기온이 영하 2, 30도는 예사로 내려가는 곳입니다.

그래서 나는 겨울철에 그 집에 초대를 받으면 반드시 벽난로 앞에 자리를 잡습니다. 불이 지펴진 벽난로는, 웬만한 담배 연기쯤은 상승기류로 휘감아 밖으로 뽑아내어 버리는, 신통한 연통 노릇을 한답니다.

이분이 담배를 영 안 피우는 분이냐 하면, 그건 아닙니다. 술이 몇 순배 돌면 살그머니 벽난로 앞으로 다가와, 혼자만 재미 보지 말고 한 대 주시오, 하고는 담배를 받아 피우는데, 한 개비만 피우는 게 아니고, 때로는 서너 개비를 연달아 피우기도 합니다. 그러면 처음에는 내 마음 편하게 해주려고 그러나보다 싶다가도 조금 더 지나면 나는 그만 고맙다 못해 송구스러워지고 말지요. 나 때문에 이 양반이 다시 담배를 피우게 되면 어쩌나, 해서지요. 하지만 그런 일은 일어나지 않더군요. 그의 말에 따르면 그는 담배를 줄창 피운 경력이 있는 사람이 아닙니다. 따라서 담배를 피우지 않을 뿐, 담배를 끊은 사람이 아닙니다. 그래서 더러 술자리 같은 데서 담배를 몇 대 피우는 일이 있어도 날이 새면 잊어버린다는 겁니다. 그의 명쾌한 농담에 따르면, "애연 없는 데 금연 없고, 집착 없는 데 해탈 없다"입니다. 이만하면, 아이구, 무시라…… 소리가 절로 나올 법하지요. 나는 사람들에게 하는 해방이니 자유니 하는 것과 관련된 이야기 끝에 '임 박사의 담배' 얘기를 자주 합니다. 물론 이때의 '담배'는 특별한 의미를 지니지요.

캐나다 리자이너 대학의 종교학 교수 오강남 박사가 최근에 펴낸 책 『열린 종교를 위한 단상』에 재미있는 이야기가 실려 있습니다. 종교의 계율과 관련된 것인데요, 옮겨보면 이렇습니다.

구르지에프라고 하는 도인(道人)이 있었습니다. 어느 날 한 사람이 이 도인을 찾아와 제자 되기를 간곡히 청했습니다. 그런데 제자가 되겠다는 사람은 지독한 골초였습니다. 구르지에프는 그 사람에게 담배를 끊고 찾아오면 제자로 맞아들이겠노라고 했습니다. 그로부터 일 년 세월이 흐른 뒤에 그 사람은 아주 건강해 보이는 얼굴을 하고 구르지에프를 찾아와, 드디어 담배를 끊는 데 성공했노라면서 제자 삼겠다는 약속을 지켜주기를 원했습니다.

구르지에프가 어떻게 했는지 아십니까?

빙그레 웃으면서 서랍을 열고 값비싼 엽궐련을 하나 꺼내어 그에게 권하더랍니다. 축하하네, 하면서요.

무엇이 너를 괴롭히느냐, 그것으로부터 자유로워지거라…… 그런 연후에는 그 자유로부터도 자유로워지거라…… 조주 스님이 이러시는 것 같네요.

호메오스타시스

어렵사리 하는 고백입니다만, 나에게는 분명히 그 증상을 의식하고, 그러지 말자고 애쓰는데도 불구하고 그렇게 잘 안 되는 병통이 하나 있습니다. 무엇이냐 하면, 내가 하는 일에 대하여 터무니없는 우월감과 극심한 열등감을 일정한 주기에 맞추어 갈마들이로 느끼게 되는 것이 그것입니다. 자, 지금부터 우월감을 즐기자, 혹은, 자, 지금부터는 열등감으로 우울해하자, 이러는 것이 아닌데 나도 모르는 사이에 이 두 가지 서로 상반되는 마음의 상태로부터 주기적으로 지배를 당하게 되는 것입니다.

내가 하고 있는 일을 가지고 설명하면 이렇습니다. 쑤글스러운 일입니다만, 나는 내가 하고 있는 일에 대해서 이런 생각을 하면서 우쭐해할 때가 자주 있습니다.

「와, 깔끔하게 끝내줬다. 이 일을 이만큼 할 사람이, 나 말고 이 세상에

또 있으면 어디 한번 나와보라지……」

그런가 하면, 거의 비슷한 기간을, 거의 비슷한 정도로 다음과 같은 생각으로 울적해하고는 합니다.

「'사이비(似而非)'가 무엇이냐? 비슷하지만 아닌 거, 그게 사이비다. 너는, 인마, 비슷하지만, 아니야.」

나는 어렴풋이, 마음의 이 두 상태는 어쩌면 상호 작용을 통하여 나라는 인간을 지탱하는 에너지 노릇을 하고 있는지도 모른다, 이렇게 짐작할 뿐, 이것을 밖으로 노출시키거나 개념화하는 것은 삼가왔습니다. 말하자면 안으로 다스려왔던 것이지요.

미국의 한국인들은 '파틀럭 디너'라는 것을 곧잘 합니다. 주인이 음식을 몽땅 준비하는 것이 아니고, 손님들이 각각 냉장고에 남아 있는 재료로 음식 한 접시씩 만들어가지고 저녁 초대에 응하는 것이 파틀럭 디너입니다. 초대하는 쪽이나 받는 쪽이나 부담이 적어서 자주 할 수 있다는 이점이 있지요.

하루는 파틀럭 디너 초대를 받고 한겨울 호수로 나가서 얼음 낚시해서 잡은 물고기로 얼큰하게 천렵국을 끓여서 들고 갔네요. 니글니글한 미국 음식에 식상해 있는 술꾼들에게 혁명적인 아이디어라는 칭송을 얻어낼 자신이 있었지요. 사실 나는 사람이 구잡스러워서 이런 아이디어내는 데 늘 깃대잡이 노릇을 도맡아놓고 한답니다.

그런데 천렵국 냄비 들고 들어서는 나를 보고, 마흔을 넘긴 한 후배가 이러는 겁니다.

「형님, 아직도 낚시질을 하십니까?」

참고로 말씀드리거니와 이 후배는 나와 기독교와 불교는 물론 도가(道家) 이야기도 사투리로 더러 나누는 정치학자입니다. 그러니 내가 발끈했을 수밖에요. 그러지 말아야 하는데도, 그 말을 듣는 순간, 저희들 좋아할 것을 생각하면서 근 열 시간 동안 영하 20도가 넘는 호수에서 고기 낚고, 장만하고, 끓이고 하는 동안에 따뜻해졌던 내 마음이 싸늘하게 식어버리는 것 같았지요. 내가 원래 잘 이럽니다.

파틀럭 디너에서 참담한 심정을 가누다가, 그만두었으면 좋았을 것을, 그 후배를 불러 꾸짖어주었지요. 그 동안 모아둔 불편했던 감정을 모두 터뜨렸지요. 너 이놈, 네가 평소에 나를 우습게 여겼어도 그렇지, 내가 너의 십 년 선배가 되는데, 말뽄새가 그게 뭐냐? 그랬더니 그 후배, 이럽디다.

「형님, 무슨 열등감 있어요?」

망신이어도 그런 망신이 없다고 생각했지요. 며칠 마음 고생을 했습니다. 그러나 마음 고생 할 일이 아니었어요. 왜냐. 맞는 말이었거든요. 너무 맞아서 화가 났었거든요. 나는 그 당시 나 자신에 대한 심한 자괴감에 시달리고 있었거든요. 자괴감에만 시달린 것이 아니라 남들이 나를 우습게 볼지도 모른다는 이상한 피해의식에도 시달리고 있었거든요. 나는 이런 상태를 조금 야하게 '멘스'라고 부르고는 합니다.

서양에는, "코가 지나치게 큰 사람은, 남들이 다른 일로 쑥덕거려도 제 코 이야기를 하는 줄 안다"는 속담이 있답니다.

'호메오스타시스'라는 말을 생각해 내게 된 것은 큰 다행이었지요. 생리학에서 쓰이는 이 말의 사전적인 의미는, "항상성(恒常性), 즉 신체 내부의 체온, 화학적 성분 따위가 일정하게 유지될 수 있도록 상호 조절을 통해 스스로 균형을 잡는 일"이라고 하는군요. 그렇다면 우리 몸은 우리도 모르는 사이에 이런 방법을 통하여 스스로 균형을 잡아나가는 일종의 자치단체인 것이지요. 그렇다면 마음에는요? 마음의 호메오스타시스는 어떨까요?

나는 그제서야 내 마음을 번차례로 지배하는 우월감과 열등감이 바로 마음의 초보적인 호메오스타시스 현상이라는 것을 알았답니다.

평생 공부가 필요할 것입니다만, 마음이 마침내 호메오스타시스(恒常性)를 획득하게 된다면, 그거 항심(恒心)이 되겠군요.

포커페이스

지난 겨울 한국인과 미국인과, 미국인이 아닌 외국인이 섞인 어떤 모임에 참석한 일이 있습니다. 섞였다고는 하나 한국인이 주최한 모임인 만큼 한국인이 압도적으로 많았습니다. 한국인의 수가, 미국 국적 외국인 수의 갑절이 되었으니까요. 재주꾼인 한국인 유학생 사회자가 한국어와 영어로 개회사를 하더니, 마지막으로 유창하게 일본어 개회사를 곁들이는 게 좀 의외였습니다. 사회자 말마따나 '국제화 시대의 국제회의' 니까 있을 수도 있는 일이거니 했지요.

미국에서 열리는 모임의 특징은 모임이 시작될 때마다 새삼스럽게 자기 소개를 하면서 아주 짧은 테이블 스피치를 곁들이는 일입니다. 수십 명의 동아리에, 모르는 사람 서넛만 끼여들어도 돌아가면서 멋쩍게 자기 소개를 하는 것이 보통입니다. 그날도 차례대로 자기를 소개하는 순서가 왔습니다.

한국인, 미국인, 외국인은 물론 영어로 했습니다. 그런데 일본인 여성 차례가 왔습니다. 사실 나는 그 모임에 일본 여성이 초대되었다는 것을 알지 못했습니다. 무리도 아닙니다. 일본인은 모임에 정식으로 초대받은 사람이 아니라 정식으로 초청받은 미국인의 일본인 아내였던 것입니다. 부인 이름은 토모코 스티븐슨이라고 했습니다.

토모코 스티븐슨은 자기 소개를 하기는 했는데 일본말로 했습니다.

약간 뜻밖이다 싶을 만큼 자연스럽게 하는 일본말이었습니다. 나는 그제서야 사회자가 일본어 개회사 곁들인 까닭을 이해했습니다. 일본인이 일본어로 자기 소개를 하자 좌중이 술렁거리더군요. 기분 좋은 술렁거림은 물론 아니었습니다. 토모코 스티븐슨에 이어 토모코 옆에 붙어앉아 있던, 우리가 잘 아는 한 미국 여성 신띠아도 일본말로 인사를 하더군요. "안녕하세요, 토모코로부터 일본어를 배우고 있는 신띠아 헤이워드예요", 하고요.

좌중이 또 한 차례, 사회자가 당혹감을 드러내었을 만큼 술렁거렸습니다.

자, 이 일을 어떻게 받아들이면 좋지요?

서울 살 당시부터 내게는 일본인 친구가 하나 있었습니

다. 지금도 여전히 친구지만요. 미국에서 공부하고 히로시마에서 영어 가르치는 순종 일본인인 내 친구 이마자키 데쓰오는 사람 사귀기를 좋아합니다. 그래서 한국에 오면 내 친구들을 거의 다 만나고 돌아가고는 했습니다.

그런데 이마자키와 내 친구들을 붙여놓으면 이야기는 거의 예외없이 임진왜란으로, 관동대지진으로, 정신대로, 말하자면 한국에 대한 일본의 만행을 규탄하는 쪽으로 흐릅니다. 요즘 같으면 독도 망언이 추가되겠군요. 물론 이야기를 이렇게 몰아가는 쪽은 내 친구들입니다. 이마자키도 지금은 웬만큼 교육이 되어 있어서 일본이 한국에 얼마나 끔찍한 짓을 저질렀는지 잘 아니까 고개를 못 듭니다만, 처음에는 자기가 왜 그렇게 혼나야 하는지 모르겠다면서 굉장히 황당해하더군요. 그래서 내가 새 친구를 소개한다고 하면 이마자키는 내게 묻고는 했지요.

「오늘은 또 무얼로 혼나는 거지요?」

나는 미국에 와서 처음 3년 동안은 대학 구내의 교환교수 아파트에 살았습니다. 자그만치 백여 개 나라에서 온 학자들이 뒤섞여 사는 아파트였지요. 미우니 고우니 해도, 서로에 관한 정보가 가장 풍부한 두 나라인 만큼 한국인은 일본인들과 기중 가깝게 어울리게 됩디다. 그래서 우리 집에서는 한일 유학생 간의 친선 맥주 마시기 모임이 자주 열리고는 했지요. 그런데 뒤끝이 좋지 않은 게 보통이었어요. 왜냐. 한국 유학생들이 막판에는 대한독립만세를 외치면서 일본 유학생들을 혼내니까요. 혼나는 거 좋아할 일본인 없는 거지요.

니체는, "이민족간의 대화에서 민족적인 감정이 불거지는 것은 대화의 끝을 알리는 징후"라고 했답니다.

서울의 어느 신문 문화부 기자가 로마로 달려가, 『로마
인 이야기』라는 책으로 유명해진 일본인 작가 시오노 나
나미를 인터뷰한 기사를 읽었습니다. 그런데 이때 인터
뷰당한 시오노 나나미 씨가 일본의 어느 책에다, 한국 기
자가 끝내 식민지 시절 이야기를 내비치지 않은 데 깊은
인상을 받았다, 고 썼다는군요. 그 기자, 직무유기한 것
일까요? 천만에요. 대단하지 않은가요?
해야 할 때 따로 있고 하지 않아야 할 때 따로 있는 겁니다.

문제의 모임이 끝난 직후 토모코 스티븐슨과 잠깐 얘기
나눌 기회가 있었습니다. 남편 따라 미국으로 온 지 얼마
안 되어 영어가 서툴러서 인사를 어떻게 할까 고민중이
었는데 한국인 사회자가 일본어 개회사를 곁들이는 바람
에 용기를 내어서 일본말로 했다, 미안하게 생각한
다…… 이런 요지의 사과를 하더군요. 나는, 애교로 받
아들여질 것이다, 신띠아도 일본어로 하지 않았느
냐…… 이런 말로 토모코를 위로해 주었습니다.

그런데 토모코와 신띠아의 태도를 비난하는 이런 말들이
유학생들 사이에서 들려오네요.

우리 한국인을 뭘로 아는 거야, 이거…… 사정을 모르는 미국인이 들었다면 일본어가 아직까지도 한국인 사이에 통용되는 줄 알았을 거 아닌가…… 토모코는 일본인이니까 어쩔 수 없었다고 치더라도 신띠아 그년의 태도, 이걸 어떻게 받아들여야 하는 거야…… 나도 이걸 어떻게 받아들여야 할지 모르겠어요.

나는 이빨과 손톱만 가지고, 칼 차고 총 든 일본 순사와 싸워 이긴 이름 없는 독립투사 할머니의 손자입니다. 당연히 강점의 역사에 관한 한, 일본 별로 안 좋아하고 일본인 미워합니다. 하지만 그걸 시도 때도 없이 드러내지는 않으려고 합니다. 내 카드 다 보여주고 하는 노름 같아서지요. 중국인들은 일본인에 대한 감정 좀체 안 드러낸답니다. 포커페이스(노름꾼 얼굴)인 것이지요.

코로 쉬는 숨

나는 남 앞에 서서 말하는 것을 싫어합니다. 그냥 싫어하는 정도가 아니고 매우 싫어합니다. 주인 없는 자리에 그냥 앉아서 떠들어대는 것은 좋아하나 봅니다. 가까운 사람들로부터도, 좌중의 마이크 너무 자주 잡는다, 잡으면 도무지 놓을 생각을 않는다는 지청구를 여러 차례 먹었을 정돕니다. 잡지사에서 일하던 시절에는 편집회의에서 나온 발언의 90퍼센트가 나의 영양가 없는 발언이었다는 한 동료 기자의 친절한 지적이 있었을 정돕니다. 그런데도 남들 앞에 서서 말한다는 것은 생각만 해도 진땀이 납니다. 그래서 남들 앞에 서서 말하는 기회는 되도록이면 만들지 않으려고 합니다. '되도록이면'이 아니라 '절대로' 만들지 않으려고 합니다.

미국에서의 나날은 진땀의 연속이었습니다. 오찬에 가도 자기 소개를

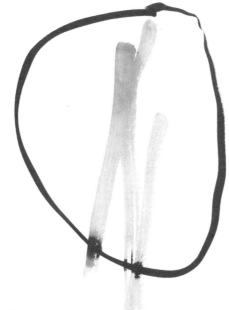

하면서 한 말씀, 만찬에 가도 모임을 위한 뜻있는 한 말 씀입니다. 넥타이 졸라매고, 무슨 말 어떻게 할까……
테이블 스피치 궁리하면서 칼로 잘라 삼지창으로 먹는 식사, 그것은 식사가 아니라 숫제 재미없는 칼질 창질이었지요.

어느 만찬 자리에서, 반한(反韓) 인사에 속하는 한 교포 언어학자는 이런 연설을 했답니다.

「로마 제국의 콜로세움에서 우리에 갇혀 있던 사자는 눈에 불을 켜고 검투사 노예에게로 달려갔습니다. 군중들은 사자가 검투사 노예를 잡아먹을 순간을 기다리면서 침을 삼켰습니다. 그런데 이상한 일이 벌어졌습니다. 노예가 사자의 귀에다 대고 뭐라고 하자 사자가 슬슬 뒷걸음질치더니 우리로 되돌아가 버린 것입니다. 대체 노예가 뭐라고 했길래 사자가 기겁을 하고 도망치고 말았을까요? 노예는 사자에게 이렇게 말했다는 겁니다.

"야 인마, 나를 잡아먹는 것은 좋다, 그러나 나를 잡아먹은 뒤에는 테이블 스피치를 해야 할 것이다"……
테이블 스피치여, 물러가라! 우리끼리 먹을 때는 그냥 좀 먹읍시다.」

그런데 그 테이블 스피치 뒤끝은 그렇게 썰렁할 수 없었어요. 순진한 양반은 영국의 소설가 체스터턴의, 너무나도 유명한 농담을 인용하면서도 인용한다는 말을 하지 않았던 거지요.

하기 싫으면 못하겠다고 말하고 안 하면 되지요. 하지만 내게는 할 의
무가 있었어요. 학교가 시키면 나로서는 그걸 피할 수가 없었답니다.
준비도 없는데 한마디를 요청받을 때의 난감함을 무엇이라고 해야 할
지……

「……영어로 해야 돼요?」

연설 요청이 오면 내가 제일 먼저 묻는 말입니다. 저쪽에서 영어로 해
야 한다고 말할 경우 나는, 한국어로 하면 안 될까요, 다른 사람 시키면
안 될까요, 하고 애원하다시피 합니다. 그래도 피할 수 없는 잔일 경우
진땀나는 노릇이 시작됩니다.

원고를 만들되 재담 비슷한 것도 몇 마디 섞어서 만들고, 이것을 외고,
만일의 경우에 대비해서 내용을 커닝페이퍼 같은 데 요약해서 주머니
속에 숨기고, 외웠다는 표가 안 나게 적당한 표현을 고르는 척할 대목
도 정하고…… 뛰다 죽을 노릇이 따로 없지요. 밥먹을 때도 그 생각만
하면 진땀이 흐르고, 잠을 이루다가도 실수할 경우를 생각하면 잠이 달
아나고…… 눈뜨고 꾸는 악몽입니다.

나는, 내가 남들 앞에 서서 말하기 싫어한 까닭을 압니다. 실수하는 것
이 두려웠던 것입니다. 잘해 낼 자신이 없었던 것입니다. 두려우면서
도 두렵다고 하기에는 자존심이 상하니까 싫어하는 척하고 있었던 것
입니다.

그런 내게 이상한 일이 일어납니다.

「……영어로 해야 돼요?」

「교포들 모이는 자립니다. 우리말로 해도 됩니다.」

「얏호, 살았다!」

이게 내게 생긴 변화입니다. 남 앞에 서서 말하는 것을 몹시 싫어하는, 다시 말해서 몹시 두려워하던 내가 연설 요청을 받고도, 얏호, 살았다, 하고 외치게 되었으니 큰 변화가 아닙니까?

코로 숨을 쉬면 얼마나 편한가를 알기 위해 반드시 코감기를 앓아볼 필요는 없습니다. 범사에 감사하자는 뜻이지요.

그 무얼 찾으려고

「번역하는 사람이 어째서 소설가들의 동네를 기웃거리는가?」
20년 넘게 외국책 번역을 생업으로 삼다가 새삼스럽게 소설 쓰기로 아주 전업한 듯이 굴면서 그쪽 판을 기웃거리고는 하는 나에게 사람들이 자주 던지는 짓궂은 질문입니다. 하지만 나는 마련한 것이 없는지라 변변한 대답 한 자락 내어놓지 못합니다. 생각하지 않고 터억 답을 내어놓을 수 있어야 하는데, 이게 공부 없이 어디 되는 것입니까? 어림도 없는 일이지요. 아닌게아니라 나 자신에게도 자주 던져보는 질문이기도 합니다.

그 무얼 찾으려고 너는 이 황성 옛터를 기웃거리느냐……

얼마 전에 한 문예지로 몰려든 단편소설의 신인상 재목을 뽑는 자리에 주제넘게 참견한 기회에 나는 대답 비슷한 것을 하나 마련하게 됩니다.

응모작은 자그만치 50여 편이나 되는데 나와 내 동업자 한 사람은 하루만에 신인상을 하나 뽑아내어야 하는 형편입니다. 50여 편이면 원고지로 따져 약 3,4천 장이나 되는 분량입니다. 다 읽을 수는 없는 일이지요만, 이런 경우 다 읽어볼 필요가 없는 것이 보통입니다. 널리 알려져 있다시피 글이라는 것이 참으로 이상한 물건이어서 글쓴이의 정체를 거의 다 드러내는 경우가 많습니다. 기본기와 기량 마련이 안 된 사람의 글은 한두 장을 채 못 넘어간 채 한쪽으로 밀립니다. 기본기만 제대로되어 있으면 여남은 장씩 읽힙니다만 역시 오래 버티지는 못하지요. 심사하는 사람들 손에서 오래 머무르는 원고일수록 좋은 원고인 것이 보통입니다.

이 원고가 다루고 있는 말의 맛은 어떻고 결은 어떤가? 문장은 어떻고 문체는 어떤가? 말의 기운은 그릇이고 삶을 살피는 시선은 내용물일진대 이 원고는 이 그릇과 내용물을 어떻게 조화시키고 있는가? 이런 생각을 앞뒤없이 하면서 원고를 넘기는데 문득, 사람은 대체 삶에서 무엇을 취하여 글로 빚어내고 있는가, 하는 데 생각이 미친 것입니다.

선종(禪宗)의 웃대 어른인 달마대사가 세상 떠날 때가 가까워지자 제자들을 모두 불러모읍니다. 제자들 중에서 법(法) 이어받을 그릇을 찾아내기 위해서였지요.

「비로소 소림의 늙은이가 법을 전한다. 너희들이 내게서 취한 바를 말해 보아라. 속히 말하라.」

달마대사의 말씀에 먼저 제자 도부가 나서서 답합니다.

「저는 문자에 집착하지도 않고 그것을 멀리하지도 않아야 한다는 것을 배웠습니다.」

「도부야, 너는 내 가죽을 얻었다.」

도부의 대답에 대한 달마의 평점입니다.

아름다운 비구니 총지가 나서서 말합니다.

「부처님 제자 아난이 부처님 나라를 보았으되 한번 본 뒤로는 다시 본 것 같지 않습니다.」

「총지야, 너는 내 살을 얻었다.」

총지의 대답에 대한 달마의 평점입니다.

도육이 나서서 대답합니다.

「지수화풍(地水火風)은 본래 공(空)한 것인즉, 저는 한

번도 얻은 바가 없습니다.」

「도육아, 너는 내 뼈를 얻었다.」

도육의 대답에 대한 달마의 평점입니다.

혜가는 절 한 차례 하고는 말 한마디 없이 가만히 서 있었
습니다.

「혜가야, 너는 내 골수를 얻었다. 그래서 내 뼈가 비고
말았다. 이 법을 너에게 전한다.」

혜가가 한 무언의 대답에 대한 달마의 평점입니다.

이로써 혜가는 달마의 대를 잇고는 선종의 이조(二祖)가
됩니다.

『선화집(禪話集)』에 나오는 이 유명한 이야기가 고은 선생
의 소설『선(禪)』에는 비교적 자세하게 풀어져 있습니다.

나는 삶에서 비교적 골수에 가까운 것을 취하여 이를 신
선한 언어의 그물망에 가두었다 싶은 작품을 하나 골라
꼼꼼히 두어 번 읽고 마음속에다 점을 하나 찍은 다음 짐
짓 나모르쇠 하고 담배를 한대 피웁니다. 내 동업자는 정
교한 분이어서 읽는 속도가 느립니다.

내가 기다리고 있으면 내 동업자 역시 원고를 모두 읽고
그중에서 한 작품을 가만히 내 앞으로 밉니다. 두어 차례
경험해 보아야 알거니와 내가 마음속에다 점을 찍은 원
고가 다시 내 손으로 넘어오는 일은 대충 이런 차례로 진

행됩니다. 그때의 기분은 참 굉장한 것입니다.

쓰는 사람들 중에는 삶의 가죽을 취하는 사람도 있고, 살을 취하는 사람도 있고, 뼈를 취하는 사람도 있고, 골수를 취하는 사람도 있습니다. 이렇게 각자 그 근기(根氣)에 따라 취한 것을 나름대로 연마한 언어의 그물막으로 싼 것이 글이라고 나는 생각합니다. 내가 먼길을 돌아 이 자리에 이른 까닭도 바로 여기에 있습니다. 나는 나그네 신분으로, 벗들이 꼭대기를 차지하고 노니는 산기슭에서 이번에는 나 자신에게 묻습니다.

너는, 그러면, 삶에서 무엇을 취할 것이냐? 가죽이냐, 살이냐, 뼈냐, 골수냐?

우리는이제 노래를 부르지 못한다

내가 가까이 모시는 시인이자 문학평론가인 김영석 교수는 글만 잘 쓰는 것이 아니라 노래도 많이 알고 또 굉장히 잘 부릅니다. 어느 정도로 많이 아는가 하면 우리나라의 흘러간 유행가는 물론이고 「에 루체 반 레 스텔레(별은 빛나건만)」, 「우나 푸르티봐 라그리마(남 몰래 흐르는 눈물)」 같은 오페라 아리아, 「블루 라이트 요꼬하마」 아류 의 곰삭은 일본 유행가 정도는 거의 기본기에 속합니다. 최근에는 「쑥 대머리」를 비롯한 판소리 여남은 대목, 육자배기, 홍타령에다 이선희, 김건모의 노래까지 구사하니 바야흐로 가히 종횡무진이라고 할 만합니다. 하지만 이분이 잘 부르는 노래는 역시 「봄날은 간다」, 「목포는 항구 다」 같은 우리나라의 흘러간 유행가입니다. 좋은 자리에서 술 한잔 거 나하게 오르면 우리는 이런 말로 그에게 노래를 채근하고는 했습니다. 「형, 한번 흐릅시다.」

노래라면 나도 지려고 하지 않습니다. 하지만 정면 대결로는 김 교수에게 불리하니까 나는 그의 전공분야를 살짝 비켜서서 물 타는 전략을 구사합니다. 그가 이탈리아 가곡을 들고 나오면 나는 미국 팝송으로 빠지고, 그가 남도 민요를 구사하면 나는 서도 민요로 초를 칩니다. 우리나라의 흘러간 옛노래는 레퍼토리를 공유합니다만 나에게는 통기타 시대의 포크송이라는 비밀병기가 하나 더 있어서 불리하다 싶으면 분위기를 그쪽으로 몰아가 버리고는 합니다.

그에 견주면 격이야 어림없기는 합니다만, 나도 하여튼 노래를 좋아합니다.

여럿이 함께 어울려 노래를 부를 때마다 확인되고는 했거니와 나에게는 노래 가사 잘 외는 괴상한 재주가 있었(!)습니다. 흘러간 옛노래는 거의 3절까지, 웬만한 노래는 2절까지, 대부분의 노래 1절 가사는 시작만 해놓으면 술술 풀려나오고는 했습니다. 단어를 왼 것이 아니고 이미지를 왼 것이어서 그랬던 것일까요. 하여튼 따로 가사 왼 기억이 없습니다.

하지만 가라오케 기계 나오고부터 우리는 망하고 말았습니다.

김 교수는 박자 따라잡는 데 서툰 데다 이상하게도 노래방 스피커가 그의 소리를 담아내지 못해서 망한 것이고 나는 가사 잘 외는 강점을 살려낼 기회가 도무지 없어서, 말하자면 가사 외기에 관한 한 하향평준화가 되어버려서 망한 것입니다. 이상한 일도 다 있지요. 노래방 생기고 화면의 가사 읽으면서 노래 몇 번 부른 뒤부터 나의 그 빛나던 기억력도 맥을 못 춥니다.

노래 좋아하는 민족이니 부르기는 불러야겠지요. 하지만 나는 노래 부르는 것은 좋은데 노래방은 싫습니다. 노래 부르고 싶어 온몸이 근질거리는 손위 동서가 손아래 동서를 노래 부르라고 찔벅거리는 그런 엇박자스러운 분위기가 노래방에는 없습니다. 오래 잊고 있던 노래 가사가, 그 노래 한창 부르고 다닐 당시의 기묘한 정조 상태를 촉발하면서 희한하게 되살아나는 재미도 없습니다. 화면에 떠오르는 가사 보아가면서 그냥 기계적으로 따라 부를 뿐입니다. 정말 질색인 것은, 남의 노래는 안 듣고 다음으로 이어질 노래의 번호를 입력시키느라고 부산을 떠는 짓거리입니다. 남의 노래 들을 생각은 않고 내 노래 부를 생각만하는 데, 내 노래가 있을 뿐 남의 노래는 존재하지 않는 데, 들은 인상보다는 부른 기억을 미화하는 데가 노래방입니다.

시냇물 흐르는 소리를 좋아하던 한 어리석은 사람이 소리 더 좋으라고 돌을 모조리 치워버리니 시냇물은 그만 노래를 잃어버리더랍니다.

프래그먼트 斷想

우리 부부는 아들딸이 유치원 다닐 때 이런 말을 들려주고는 했습니다.

「애들아, 만일에 어린이대공원같이 사람 많은 데서 엄마아빠의 손을 놓치거든, 손을 놓친 바로 그 자리에서 가만히 기다리거라. 서로 찾아다니다 보면 길이 어긋나 서로 찾기가 어려워진다.」

사람들로부터, 왜 일찍이 금치산 선고가 내려진 고대 종교에 그토록 집착하느냐는 질문을 받을 때마다 나는 이때 애들에게 들려준 말을 떠올리고는 합니다.

「〈젠 부디즘〉의 〈젠〉은 일본어라고……스즈키 다이세츠를 보라고……일본인들의 관념 보세가공 기술은 알아줘야 한다니께……」

이렇게 함부로 말하는 사람들이 많지요. 하지만 〈젠〉은 〈선(禪)〉의 일

본식 발음이 아니라, 샹하이 방언에도 강하게 남아 있는 고대중국의 발음이라고 하더군요. 〈젠〉의 어원은 산스크리트어의 〈드히아나〉…… 어둠이 물러가고부터 해가 뜨기까지의 동안을 이르는 말이라고 하더군요. 빛이 지배하는 것도 아니고 어둠이 지배하는 것도 아닌 어떤 상태, 긍정하는 것도 부정하는 것도 아닌 어떤 상태…… 이제야 스님들이 눈을 감은 것도 아니고 뜬 것도 아닌 상태로 참선하는 까닭을 알겠습니다.

아무리 사랑스러워도, 사랑하는 사람에게 우리가 줄 수 있는 것은 결국 우리가 가진 것을 넘지 못합니다. 아무리 공경하고 싶어도 사람은 자기가 가진 것 이상의 제물(祭

物)은 차릴 수가 없습니다. 하등종교에서 한 종족의 신이, 그 신을 섬기는 종족보다 아주 조금밖에는 더 영리할 수 없는 것도 이 때문입니다. 나는, 포이에르바하가 모든 종교적 표현은 인간의 고민이나 원망(願望)의 관념적 반영이라고 했다는 것을 알고는 무지하게 놀랐습니다. 사람은 제 근기에 따라 종교를 선택하는 것이지, 종교가 그 사람을 이러저러하게 만들어주는 것은 아니라는 것을 알게 되었을 때도 그에 못지않게 놀랐습니다.

사랑하는 사람과 함께 거닐었다고 해서 해운대 백사장의 모래가 그 모래를 밟던 사연을 각별하게 기억해 주기를 바라는 데서 유행가는 시작됩니다. 의미 부여는 모든 덜큰한 비극의 씨앗이 되는 것이지요. 함께 놀던 님들이 지금은 어디에 있느냐고 자꾸 유달산을 조르지 말아야 합니다. 모래는 모래고 유달산은 유달산입니다. 거기에 의미를 부여하기 시작하는 순간부터 우리는 모래와 유달산의 참 의미로부터 장님이 됩니다. 내가 인문지리를 하찮게 여기는 까닭이 여기에 있습니다.

나의 천국과 남의 천국

교리를 둘러싼 종교간의 논쟁, 이거 한국에서는 거의 금기에 속하지요. 나는 그런 논쟁에는 절대로 껴들지 않는다는 방침을 세우고 있습니다. 까딱 잘못해서 열이라도 확 받아버리면 종교전쟁으로 비화하기 십상이기 때문입니다. 그래서 종교간의 논쟁이 벌어질 조짐이 보이면 나는, 싸늘한 빈 방에서 가다듬지 않은 논리를 논쟁의 불바다에 던져넣지 말아라, 하면서 나 자신을 말리고는 합니다.

그런데 미국에서 바로 그런 논쟁의 소용돌이에 휩쓸린 경험이 있습니다. 저녁 함께 먹는 자리에서 가톨릭교도인 한 멕시코인 물리학자와 불교도인 한 미국인 화학자가 바로 내 곁에서 종교논쟁을 벌이게 된 것입니다. 그러니 내가 조마조마했을 수밖에요.

내가 촌스럽게 잘 이럽니다.

교황을 까마득하게 높일 때는 〈성하(聖下)〉라는 극존칭을 씁니다. 영어로는 〈히즈 홀리니스(His Holiness)〉라고 하지요. 논쟁을 벌일 당시 가톨릭교도와 불교도는 똑같이 〈히즈 홀리니스〉라는 말을 썼지만 그 말로써 높이는 대상은 서로 달랐지요. 전자는 교황 요한 바오로 2세를 지칭했지만 후자는 달라이 라마를 지칭했으니까요. 하지만 논쟁은 종교전쟁으로 비화하지 않았지요. 그 까닭은 양쪽에서 똑같이 한 가지 사실을 인정하고 들어갔기 때문입니다.

그것은 다음과 같은 전제입니다.

「나는 당신이 믿는 종교를 충분히 알고 있지 못하다는 것을 인정한다.」

나는 어린 시절 어머니로부터, 「네 어릴 때 할머니께서 너를 절에다 팔았던 만큼 불도(佛道)를 폄하지 말아라」, 이런 말씀을 자주 들었습니다. 여기에서 〈팔았다〉고 하는 것은 대가를 받고 팔았다는 뜻이 아니라 〈심정적으로 귀의(歸依)하게 했다〉는 뜻입니다.

타의에 의해 귀의하게 된 것이 싫어서 나는 청소년 시절 기독교에 심취하게 되었습니다. 지금은 떠났지만요. 그 인연 탓일 테지만 나는 불교도인 친척들로부터는 예수쟁이로 몰리고 기독교인 친구들로부터는 이단자로 몰리는 특이한 경험의 소유자입니다. 종교에 관한 한 나는 상처를 많이 입은 사람입니다. 그래서 이런 투정을 부리고는 하지요.

「부처의 언어가 지니는 은근한 맛과 향기를 거절할 까닭이 무엇인가? 예수의 신비스러운 인격이 쏟아낸 말씀이 마음에 스며드는 것을 한사코 막을 일이 무엇인가?」

한동안 교리 논쟁을 한 앞의 두 학자, 끝내 종교 전쟁은 벌이지 않습디다…… 대신, 당신의 종교를 좀더 알고 싶은데 혹시 참고가 될 만한 책을 추천해 줄 수 있느냐, 서로 이런 말을 주고받고, 추천서 메모를 교환하더군요. 불교도가 한 농담, 지금도 잊혀지지 않습니다. 세월이 많이 지난 지금도 나의 화두 노릇을 너끈하게 합니다.
「우리의 천국은 서로 다릅니다. 하지만 나는 당신의 천국 구경을 한사코 거절하지는 않겠습니다.」

이제 나도 이렇게 말할 수 있습니다.
「네 천국에 들어가마.」

그리움이 어디에서
시작되는가 하면

내가 15년 전에 마련한 과천의 아파트 베란다에 서면 관문초등학교가 내려다보입니다. 아침 조회가 열리거나 운동회 연습이라도 할 때는 확성기 소리 때문에 여간 시끄러운 것이 아닙니다. 하지만 내 아들딸에게는 이 학교가 뜻깊은 곳입니다. 아들은 관문국민학교를 졸업하고 중학교 1학년 다니다, 딸은 관문국민학교에서 5학년 다니다 미국으로 갔습니다. 미국에서 딸아이는 곧잘 자기는 관문국민학교 중퇴생이라고 자조하고는 했지요. 그 딸이 지난해 고등학교 2학년 과정을 마치고 나와 함께 귀국했습니다. 아들과 함께 미국에 남겨놓고 오고 싶었지만 부득부득 따라오겠다고 우기는 바람에 딸만 데려다 과천고등학교로 전학시킨 것입니다.

딸아이가 귀국해서 맨 먼저 한 일은 제가 다니던 국민학교, 이름조차 초등학교로 바뀌어버린 그 학교 운동장을 한 바퀴 도는 일, 동기생들의

안부를 확인하는 일이었습니다. 딸아이는 5년 동안 몰라보게 자라버린 동기생들 모습과 5년 동안에 엄청나게 자라버린 교정의 나무들 몸피를 여간 신기해하는 것이 아니었습니다. 나는 그런 딸아이를 보면서, 저 아이가 세월의 적막을 경험하겠구나, 하고 짐작했습니다.

딸아이에게 재미있는 습관이 생긴 것으로 판명되었습니다. 초등학교에서 왁자지껄 소리가 들려오면 반드시 베란다로 나가 운동장을 내려다봄으로써 학교에서 무슨 일이 벌어지고 있는지 확인하는 버릇이 그것입니다. 숙녀 티가 완연한 고등학생이 모교인 초등학교 운동장에서 벌어지는 일에 유난히 깊은 관심을 보이는 까닭을 이해한 날 나는 서투르게나마 시를 한 수 적어 딸아이에게 보여주었습니다. 딸아이는 쓸쓸하게 웃기만 했습니다.

관문국민학교 5학년 때 미국으로 갔다가
고등학교 2학년이 되어서 돌아온 딸아이에게
관문초등학교는 영원히 졸업할 수 없는 학교다.
그리움이다.

다음은 1993년 미국에 살고 있을 당시 내게 여러 차례 술을 재촉했던 소동파(蘇東坡)의 「강성자(江城子)」라고 하는 송사(宋詞)의 한 구절입니다.

해마다 나의 애를 태우는 데가 어디인지 이제 알겠다.

달 밝은 밤의, 다복솔이 서 있는 작은 산등성이였구나.

(料得年年斷腸處 明月夜, 短松岡)

나는 어머니 무덤이 있는 우리 집 선산의, 다복솔에 덮인 작은 산등성이가 그리워서 새벽 술을 마시면서 식구들 몰래 눈물을 훔치고는 했습니다. 내게는 그 작은 산등성이가 세계의 중심입니다.

나에게 어머니는 유한(遺恨)과 동의어입니다.

슬픈 그리움의 원적(原籍)입니다.

절로가는길

"**큰** 도리에는 들어가는 문이 따로 없다"는 뜻을 지닌 더할 나위 없이 육중한 사자성어(四字成語) '대도무문(大道無門)'의 교양을 바야흐로 온 겨레가 제각기 그 눈높이에 합당하게 향수하게 된 듯한 것은 반가운 현상입니다. 절에서는, '산문무문(山門無門)'이라고도 하더군요. 절집에는 문이 따로 없다는 뜻일 터입니다. 선가(禪家)에는, 공안(公案) 48칙(則)을 해설한 책이 전해지는데, 이 책을 일러 〈무문관(無門關)〉이라고 하니 참으로 '문 없음'의 이치가 오묘해 보입니다.

그렇다면 큰 절에 들어갈 때마다 우리가 지나는, '일주문(一柱門)'이라는 이름의, 기둥을 나란히 세우고 위에 맞배지붕을 얹은 문은 무엇인가…… 일주문을 드나들 때마다 해본 생각입니다.

'대도무문'은, "이 세상에 부처님이 깃들이지 않은 곳이 없다(皆有佛性)"는 불성편재론(佛性遍在論)과 "도가 깃들이지 않은 곳이 없으니, 오줌똥에도 깃들여 있다(道在屎溺)"는 도성편재론(道性遍在論)이 피워낸 한 송이 심상치 않은 역설의 꽃일 터입니다. 결국 '문이 따로 없다'는 것은 곧 '문 아닌 것이 없다'는 뜻일 터이니 '대도무문'이라는 말은 지망지망히 쓸 말은 어림없이 아닌 것이지요.

흔히들, 누각에 오르면 사다리를 버린다(登樓去梯)커니, 물고기를 잡으면 통발은 잊는다(得魚忘筌)커니, 부처의 뜻이 경전의 문자에 있는 것이 아니므로 문자에 붙잡히지 말아야 한다(不立文字)커니 하지요.

그러나 밤낮 하고 다니는 소립니다만 사다리가 없다는 소리는 누각에 오른 다음에야, 통발 모르는 체하기는 물고기를 잡은 뒤에야, 문자 의심은 문자 밖으로 나설 수 있을 때 비로소 가능해야 합니다. 이것이 '대도무문'이라는 언명도 함부로는 할 것이 못 되는 소이연이지요.

대도에 들면 문이 문 노릇을 그만두게 되는 모양입니다. 그리스 신화의 쉼플레가데스를 아시지요? '마주 부딪히는 바위의 문'이라는 뜻입니다. 비둘기 한 마리만 날아

들어도 두 개의 거대한 바위가 서로 마주 부딪쳐왔다니 아주 무서운 문입니다. 물론 배를 몰고 이 쉼플레가데스를 지나기는 불가능하지요. 그런데 영웅 이아손이 지난 뒤부터 이 바위의 문은 서로 맞부딪치기를 그만두고 그만 활짝 열리고 맙니다.

괴물 스핑크스를 아시지요? 행인에게 수수께끼를 내는데, 정답을 대지 못하는 행인은 절벽으로 밀어서 떨어뜨려 죽인다는 괴물입니다. 그러나 오이디푸스가 정답을 대는 순간 스핑크스는 투신자살을 하고 말지요.

이런 의미에서 사다리와 통발과 문자는, 어떤 성취의 단계에서는 여느 사다리와 여느 통발과 여느 문자의 자리에서 우뚝 솟아 한 세계에서 다른 세계로 통하는 보이지 않는 문이 됩니다.

문득, 눈에 보이는 세상의 문이라는 문은 모두 보이지 않는 문의 상징이 아닐 것인가, 싶군요. 그러니까 일주문은 상징적인 구조물에 지나지 않는 것이지 그것이 곧 산문(山門)은 아닌 것이지요.

'그노티 세아우톤,' '너 자신을 알라'는 뜻을 지닌 고전 그리스 말입니다. 소크라테스의 잠언으로 알려져 있는 이 말이 사실은 델포이에 있는 아폴론 신전문 상인방의 돋을새김이랍니다. 이 말이 혹시, '이 문의 의미를 알라'는 뜻으로 들리지는 않는지요?

야곱은 꿈속에서, 하느님과 천사가 사다리를 오르락내리락하는 것을 보고는 꿈을 깨자마자, 「참말 하느님이 여기에 계셨는데도 내가 모르고 있었구나. 이 얼마나 두려운 곳인가, 여기가 바로 하느님의 집이요, 하늘이 문이었구나」하고 외치지요. 야곱에게 사다리의 가로장 하나하나

는 신학적 인식 전이를 상징하는 이미지가 아니었을까요? 그래서 그 사다리 위로 열린 하늘을 하늘의 문이라고 부른 것이 아니었을까요?

그렇다면 야곱도 마침내 하느님의 편재론을 통하여 '개유불성'과 '도재시뇨'의 진리에 합류한 셈이 아닐는지요?

그러므로 절집의 일주문이 되었든, 열녀비의 홍살문이 되었든, 야곱의 하늘 문이 되었든, 그리스도의 좁은 문이 되었든, 단테의 연옥문이 되었든, 베드로의 천성문이 되었든, 문이라고 하는 것은 다른 것이 아니기가 쉽습니다.

우리는 시시때때로 낯익은 세계와 낯선 세계를 들락거립니다. 문이라고 하는, 눈에 보이는 구조물을 통해 들락거리기도 하고, 보이지 않는 인식의 문을 통해서 들락거리기도 합니다. 하여튼 우리는 문을 통하여 무수한 세계를 드나듭니다.

우리가 그 문지방을 넘어설 때 문은 하나의 의미가 됩니다. 보이는 문이든 보이지 않는 문이든 문득 하나의 보이지 않는 의미가 됩니다.

어찌하면 심산유곡에서 빠져나갈 수 있느냐고 묻는 객승에게, 바위 위에서 좌선 삼매에 빠져 있던 어느 선승은 이렇게 대답합니다.

「따라 흘러가오.」

96년 초여름 미국에 있다가 잠깐 귀국해서 귀국 인사
갔을때 당시 민음사 이영준 주간이 내게 서슬이
시퍼렇게 이러는 겁니다.
「말들이 많습디다. 왜 그렇게 잡문을 마구 쓰세요?
그 공력으로 소설 안 쓰고요」
나는 머쓱해져서, 안면이 갈보 만든다는 말도 모르느냐,
앞으로는 안 그러겠다, 했습니다.
그랬더니 이 주간 왈.
「책 냅시다.」

뒷말:본문에서는 못한 말

내가 펴내었거나 앞으로 펴낼 소설과 중복되는 부분이
더러 있습니다. 소설에 들어 있는 것을 뽑아낸 것이
아니고, 이 글 쓰면서 떠올랐던 단상(斷想)을 소설에다
편입시킨 것입니다. 움베르토 에코는 잡문 쓰는 변명으로
〈저널리즘은, 일기장이 사라진 시대의 내 일기장이다〉
라고 하더군요.
내게도 이런 일은 종종 일어날 것 같습니다.

96년 여름, 마침, 20년째 파리에 머물고 있는 나의
동기동창 정재규 화백이 과천 국립현대미술관에서 열리는
전람회 때문에 서울에 와 있었습니다.
정재규 화백은 북디자이너 정병규 형의 아우입니다.
정병규 형은, 정재규더러 그림 좀 그리게 하자고 즉석에서
제안하더군요. 하지만 내가 부탁할 수는 없었지요.

중학교 3학년 때 나는 교지를 편집하고 그는 삽화를 그리기는 했습니다만 35년 세월이

지난 지금 그는 세계적인 화가가 되었지만 나는 무명의 소설가에 지나지

못하는걸요. 결국 정병규 형이 제안을 했던 모양입니다. 정재규 화백이 형의 제안을

수락해서 붓으로 그림을 그리게 되었고, 정병규 형이 책꼴을 디자인한 덕분에

이렇게 폼나는 책이 되었습니다. 형제분께 빚을 엄청 집니다.

94년 장편소설『하늘의 문』을 낼 때도 정병규 형은 정재규 화백의 작품을 가지고 표지를

만들어주었는데, 그때 내가 경황이 없어서 책에다 정재규 화백에 대한 사사(謝辭)를

빠뜨렸습니다. 두 분께 사과하는 마음과 고마워하는 마음 전합니다.

현대미술관에서 열린, 사진을 잘게 잘라 다시 붙인, 독특하게 창의적인 작품의

설명회에서 정재규 화백은 이 비슷한 말을 하더군요.

「사진 프로세스가 완료된 지점에서 나의 작업은 시작된다. 나는 이로써

사진이 줄 수 있는 것 이상의, 또 하나의 긴장을 조성해 낸다.」

나는 그 말을 듣고 깜짝 놀라고 말았습니다. 그래서 나 자신에게 이렇게 물어보았습니다.

「너는 네가 문장에다 쓰는 단어로써 어떤 긴장을 조성하느냐?」

큰 공부가 되었습니다.

〈미국 간다〉, 〈미국 온다〉, 〈한국 간다〉, 〈한국 온다〉, 〈여기〉, 〈거기〉가 마구 헛갈릴지도

모릅니다. 91년부터 미국에 머물다 96년에 일단 귀국했습니다만, 97년 9월에 다시 한국과

미국을 오가는 생활을 시작했기 때문입니다. 〈지난 여름〉, 〈작년〉 같은 말도

지금의 시점(視點)에 맞추어 따로 정리할까 하다가 결국 하지 않기로 했습니다.

세월은 속절없이 흐르고 나 또한 이곳저곳으로 흘러다닐 터인데 시점(視點)이 되었든

시점(時點)이 되었든, 일목요연하게 정리한다는 것이 마침내 각주구검(刻舟求劍)이

아닐 것인가, 싶었기 때문입니다.

본문에는 담배와의 싸움에 관한 글이 두 꼭지나 있습니다. 끊는 데 성공하기는 했지요.

하지만 다시 붙어서 지금 담배를 물고 있습니다. 이와 같습니다.

책 만드는 작업이 시작된 것은 96년 여름이었는데, 하여튼 2년 넘게 걸린 보람이 있구나

싶습니다. 내 경험입니다만, 글 쓰는 작업이든 책 만드는 작업이든, 기한을 넘겨 쫓기는

한이 있더라도 좀 오래 걸릴수록 좋은 것입니다. 우리는 매사에 사이클이 너무 짧아서

그런지 느긋하게 뭘 좀 하려면 채근이 여간 아니어서 제대로 한번 해보려면

원망받이 될 각오를 해야 하지요. 중국 사람은, 「쫓기지 않는 상황에서 씌어진

명문(名文)이 어디 있다더냐」 한다고 합디다.

여기에 실린 대부분의 글은 〈오늘의 화두〉라는, 커도 너무 큰 제목으로 한동안 썼던 글을,

얼굴 붉히면서 손질한 것들입니다.

〈오늘의 화두〉라는 제목으로 쓰려니까 너무 힘들고 숨이 막혀서 큰 제목을 〈오늘의 염두〉로

고치려고 하던 중에 연재가 끝나 한숨 돌릴 수 있었습니다. 글 쓸 자리 마련해 주고

격려해 준 진영희 씨를 비롯한 그때 식구들에게 고마워합니다.

99년 3월 현재 미국 하버드 대학교에서 유학중인 이영준 전주간(前主幹), 민음사 이갑수

전편집국장에게도 고마워합니다.

'99. 3. 과천집에서 이윤기

사진 | 임종기

왼쪽으로부터 이윤기, 정재규, 정병규

이윤기 ── 소설가 · 번역가. 77년 중앙일보 신춘문예 단편소설 부문에 『하얀 헬리콥터』가
당선하면서 문단에 올랐다. 저서로는 장편소설 『하늘의 문』, 『사랑의 종자』, 『햇빛과 달빛』,
『뿌리와 날개』, 소설집 『하얀 헬리콥터』, 『나비 넥타이』, 역서로는 『장미의 이름』, 『푸코의 진자』,
『샤머니즘』, 『변신 이야기』 등이 있다. 91년 도미, 현재 미국 미시건 주립대학교 사회과학대학
객원교수(비교문화)로 재직중이다. 98년, 중편소설 「숨은그림찾기1」로 제29회 동인문학상을 수상했다.

정재규 ── 서울대 회화과를 졸업하고 78년 도불, 현재 프랑스에 거주하고 있다.
개인전으로는 마호화랑(후쿠오카), 박영덕화랑(서울), 단체전으로는 앙데팡당전(서울),
아르스날 사진그룹전(파리) 등이 있다. 최근 국내에서는 21세기 화랑 등에 작품이 전시되었다.
77년 파리 비엔날레에 참가, 동경 사진미술관 주체 제1회 국제사진전에 입상했으며,
국립현대미술관과 동경 사진미술관 등에 작품이 소장되어 있다.

정병규 ── 고려대 불문학과, 파리 에스띠엔느에서 수학했으며, 도쿄 유네스코
편집자 트레이닝 과정을 거쳤다. 고대 신문과 소설문예, 신구문화사, 민음사, 홍성사 등에서
편집, 기획, 디자인을 했으며, 동아일보 출판국 편집위원, 계몽사 미술담당 이사, 서울올림픽
편찬전문위원 등으로 일했다. 79년 독서편집상, 89년 제1회 교보북디자인상 대상 등을 수상했다.
현재 홍익대 시각디자인과 겸직교수이며, 84년 설립한 '정병규디자인' 을 통해 활동하고 있다.